Oma Josie reist nach Spanien

JOSIE SCHUBERT

Oma Josie reist nach Spanien

Reiseroman

Bibliografische Information der Deutschen Nationalbibliothek
Die Deutsche Nationalbibliothek verzeichnet diese Publikation
in der Deutschen Nationalbibliografie; detaillierte bibliografische Daten sind im Internet über http://dnb.d-nb.de abrufbar.

© 2021 Josie Schubert
Coverabbildungen: pikisuperstar / freepik / via freepik
Umschlaggestaltung,
Herstellung und Verlag: BoD – Books on Demand,
Norderstedt
ISBN: 9783754356371

Inhalt

Was bisher geschah

Nach meiner abenteuerlichen Reise mit Luzi durch den Wilden Westen war fast ein Jahr vergangen. Mittlerweile waren wir ein Jahr älter geworden. Ich hatte meinen siebzigsten Geburtstag und meine, manchmal etwas verpeilte, Luzi ihren achtundsechzigsten. Beide waren wir aber immer noch sehr unternehmungslustig.

Für alle, die meinen ersten Teil »Oma Josie im Wilden Westen« nicht gelesen haben, hier eine kurze Zusammenfassung: *Der erste Teil handelt davon, wie ich mit meiner besten Freundin Luzi eine Mietwagenrundreise durch den Wilden Westen von Amerika unternehme. Unsere Reise führte uns unter anderem nach Las Vegas, Los Angeles und in mehrere Nationalparks, wie Monument Valley, Grand Canyon oder Yosemite Nationalpark. Wir erlebten eine Menge Abenteuer und setzen uns dabei manchen Gefahren aus. Darüber hinaus besuchten wir in San Francisco das weltbekannte Hippie-Festival. Kurz zuvor lernten wir in Virginia City Bill kennen, der in San Francisco wohnte. Er und Luzi verliebten sich. Bill begleitete uns bei unserer Reise ein paar Tage mit seinem Wohnmobil.*

Bill hatte sich damals kurzfristig entschieden, mit nach Deutschland zu kommen, um ein paar Tage mit Luzi zu verbringen. Aus den paar Tagen in Deutschland sind letzten Endes ganze zwei Monate geworden. Bill lieh sich einen Mietwagen aus, um gemeinsam mit Luzi einige Highlights der Heimat seiner Eltern zu erkunden. Die Beiden verstanden sich während dieser Zeit so gut, als ob sie sich schon ein Leben lang kannten. Sie sind viel in Deutschland herumgekommen und haben eine Menge gesehen und erlebt. Schweren Herzens ist Bill im September wieder abgereist. Jedoch versprach er Luzi, sie mindestens einmal im Jahr zu besuchen.

Luzi hatte sich bestimmt etwas mehr versprochen, aber, wie sich in den zwei Monaten herausstellte, ist die Sachlage viel komplizierter, als sie dachten. Nur eine Hochzeit könnte daran etwas ändern. Doch davon war bisher nie ernsthaft die Rede.

Fast ein halbes Jahr nach unserer Rückkehr aus Amerika hatte sich Luzis Tochter Jasmin, die bis dahin in Australien lebte, von ihrem Mann scheiden lassen und ist zwei Monate danach mit ihrer Tochter Marie zurück nach

Deutschland gezogen. Bereits nach wenigen Wochen fand Jasmin einen guten Job. In Sydney studierte sie Medienwissenschaften und arbeitet nun bei einem bekannten niederländischen Rundfunk- und Fernsehsender.

Marie, ihre Tochter, war zu dieser Zeit siebzehn Jahre alt und ging in die 11. Klasse. Sie hatte sich in Deutschland schnell eingelebt, da sie in Australien mit ihrer Mutter nur Deutsch sprach und auch eine deutsche Schule besuchte. Nach dem Abitur möchte Marie Journalistik studieren, um später auch einen Job im Radio oder Fernsehen ausüben zu können.

Nach der Scheidung von ihrem Mann, besserte sich das Verhältnis von Jasmin zu ihrer Tochter Marie zusehends. Hatten beide vorher eher ein alterstypisches Mutter-Tochter-Verhältnis, so könnte man es jetzt mit einem Beste-Freundinnen-Verhältnis vergleichen.

Jasmin und Marie werden sich zudem immer ähnlicher. Beide haben sie eine schlanke und sportliche Figur, sind etwa gleich groß und ihre halblangen, glatten Haare sind meist blond gefärbt. Das Wichtigste ist jedoch, zwischen ihnen gibt es keine Geheimnisse und sie haben vollstes Vertrauen zueinander.

Reisevorbereitungen

Luzi und ich planten unterdessen schon wieder eine größere Reise. Diesmal sollte es nach Spanien, genauer gesagt nach Andalusien, gehen. Granada mit der weltberühmten Alhambra war unser großes Ziel. Die Alhambra, die seit 1984 zum Weltkulturerbe gehört, ist eine der meistbesuchten Touristenattraktionen Europas. Dieses Highlight wollten wir uns auf unsere »alten Tage« auf gar keinen Fall entgehen lassen.

Die Alhambra war jedoch nicht der einzige Höhepunkt in Granada. Auf dem Weg dahin sollte uns unsere Reise unter anderem auch nach Córdoba, mit dem bedeutendsten Bauwerk der Stadt, der Mezquita, führen.

Geplant war auch, uns in Granada mit Bill zu treffen. Nach dem Besuch der Alhambra wollten wir uns anschließend gemeinsam auf die Rückreise nach Deutschland begeben. Bill hatte diesen wunderbaren Plan und wir freuten uns sehr auf dieses Wiedersehen mit ihm.

Reisen wollten wir nicht mit dem Flieger oder gar über ein Reisebüro, sondern in aller Ruhe und ganz gemütlich mit dem Auto. In Amerika hatte dies wunderbar geklappt, warum nicht auch in Europa. Ein Zwischenziel sollte die Mittelmeerküste sein, wo wir, sowohl auf der Hin- als auch auf der Rückreise, in verschiedenen Orten einen Zwischenstopp geplant hatten.

»Josie, sei mir bitte nicht böse, aber ich möchte diesmal nicht, dass wir uns mit dem Fahren abwechseln. Ich finde, du bist ohne Zweifel die bessere Fahrerin von uns beiden.«

Luzis Entscheidung überraschte mich keinesfalls, obwohl ich anfangs so tat.

»Was soll das, Luzi? Wie kommst du auf einmal darauf? Wirst du langsam alt, meine Gute?«

»Ach was. In Amerika hast du uns immer sicher an unser Ziel gebracht. Außerdem fahren die in Italien, Frankreich und Spanien viel zu aggressiv. Da fühle ich mich unsicher. Du bist doch einverstanden?«

»Wenn du meinst, meine Gute, dann fahre ich eben. Danke für dein Vertrauen. Du bist aber in Amerika auch immer gut gefahren«, lobte ich Luzi. »Du solltest dein Licht nicht so unter den Scheffel stellen. Wir schaffen das schon.«

Luzi war erleichtert, ihr fiel ein Stein vom Herzen. »Danke, Josie, auf Strecken, wo nicht so viel Verkehr ist, kann ich dich ja ab und zu abwechseln, wenn du möchtest. In den größeren Städten möchte ich nicht fahren. Die haben manchmal so komische Regeln, vor allem in den Kreisverkehren mit dem inneren und äußeren Kreis. Da weiß ich manchmal gar nicht, wer Vorfahrt hat.«

»Das ist doch ganz einfach, Luzi. Das erkläre ich dir an Ort und Stelle. Wenn ich es dir jetzt erkläre, hast du es später eh wieder vergessen. Dein Gedächtnis ist auch nicht mehr das, was es mal war.«

»Das habe ich überhört.«

Luzis Tochter Jasmin war weniger begeistert von unserem Plan. Sie hielt es für unangebracht und gefährlich, in unserem Alter solch eine lange Reise mit dem Auto zu unternehmen. Aber wir ließen uns nicht von unserem Vorhaben abbringen.

Im Gegensatz zu unserer Reise durch den Wilden Westen, wollten wir diesmal etwas flexibler sein. Fest buchten wir nur die ersten vier Hotels bis nach Nizza und natürlich die Unterkünfte in Córdoba und Granada. Die Hotels am Mittelmeer wollten wir uns vor Ort aussuchen. Diese Vorgehensweise sollte uns vor größeren Reinfällen, was die Lage oder die Sauberkeit anbetrifft, bewahren. Man hat ja diesbezüglich schon eine Menge gehört und gelesen.

Die Vorbereitungen gingen bedeutend schneller, als bei unserer Amerika-Tour. Inzwischen legten wir zwei Omas eine gewisse Routine an den Tag. Innerhalb von nicht mal zwei Wochen hatten wir alles in Sack und Tüten.

Wir buchten erneut einen Mietwagen, da mein Golf bereits einige Tausend Kilometer auf dem Buckel hatte und auch schon etwas in die Jahre gekommen war. Das Risiko einer Panne wäre bei diesem alten Wagen zu groß. Schließlich wollten wir Bill pünktlich und ohne Stress in Granada begrüßen, ihn in unsere Arme schließen und ohne Probleme mit nach Deutschland nehmen.

Am Tag vor Reisebeginn

Eigentlich wollten wir ja erst am Mittwoch, den 12. Juli starten, doch ein stabiles Hochdruckgebiet mit heißem Sommerwetter, brachte uns kurzfristig zum Umdenken und zu einer Planänderung, was unseren Reiseweg anbetraf. Schnell einigten wir uns darauf, unsere Reise bereits am Samstag beginnen zu lassen, um das schöne Wetter optimal auszunutzen. Die zusätzlichen Tage wollten wir dazu nutzen, unsere Route um einige Zwischenziele, wie Sevilla und Ronda zu erweitern. Es verblieben also nur noch drei Tage für die Vorbereitungen. Zunächst kümmerte ich mich um die frühere Abholung des Mietwagens, was aber keine Probleme bereitete. Anschließend widmete ich mich der Umbuchung der Hotels.

Den Wagen holte ich einen Tag vor unserer Abreise ab. Wir bekamen einen blauen Ford Kuga mit Dieselmotor. Er war noch fast neu und hatte kaum 4.000 Kilometer auf dem Tachometer. Mein Koffer war längst gepackt und ich konnte ihn samt einer Reisetasche gleich in den großen Kofferraum hieven. Anschließend fuhr ich zu Luzi. Sie empfing mich bereits vor der Haustür und im Nu war auch Luzis Gepäck im Auto verstaut.

Am Abend verabschiedeten wir uns von Jasmin und Marie, die quasi um die Ecke wohnten und erzählten ihnen von unserer spontanen Planänderung. Die Begeisterung der Beiden hielt sich jedoch in Grenzen.

»Ihr könnt ruhig etwas freundlicher schauen«, forderte ich Jasmin und Marie auf, als ich ihre skeptischen Blicke bemerkte. »Ihr macht ja ein Gesicht, wie auf einer Beerdigung. Wir sind doch nicht von der Welt. In drei Wochen sind wir wieder zurück und bringen auch noch unsere amerikanische Bekanntschaft Bill mit. Freut euch lieber, dass wir noch so unternehmungslustig sind und nicht in einem Altersheim dahinsiechen. Stimmt's Luzi?«

Luzi lächelte und nickte zustimmend. »Macht euch keine Sorgen, wir sind alt genug«, wollte sie Jasmin und Marie beruhigen. »Wir beiden Omis schaffen das schon. Wir sind doch noch nicht dezent.«

»Dement heißt das Luzi, dement«, flüsterte ich und Jasmin und Marie lachten.

»Inzwischen haben wir gelernt, dass man bei euch jederzeit mit einer Überraschung rechnen muss«, lenkte Jasmin ein. »Ihr habt ja recht.

15

Wer in Amerika auf Gangsterjagd geht, der kann auch durch Europa reisen. Wisst ihr schon, in welchem Hotel ihr morgen übernachten werdet?«

Voller Stolz konnte ich verkünden: »Auch diesmal sind wir gut vorbereitet. Die ersten vier Hotels bis einschließlich Nizza haben wir bereits gebucht. Am Mittelmeer entscheiden wir uns vor Ort. Wo es uns am besten gefällt, dort bleiben wir.

Morgen werden wir im *Turmhotel Dreieichenhain* übernachten und übermorgen im *Landgasthof Alpenblick* in Löffingen im Südschwarzwald. Am Montag fahren wir dann ein großes Stück durch die Schweiz bis zum Comer See in Italien. Wie das Hotel dort heißt, habe ich vergessen. Da müsste ich erst einmal auf unseren Plan schauen. Es hat so einen typisch italienischen Namen. Oder weißt du noch, wie das Hotel heißt, Luzi?«

»War das nicht irgendetwas mit Villa oder so?«, beantwortete Luzi meine Frage mit einer Gegenfrage. »Ich weiß es leider auch nicht mehr.«

»Egal, Luzi. Jedenfalls geht es nach dem Comer See endlich ans Meer«, setzte ich meine Ausführungen fort. »Das schöne Nizza wird unsere erste Station am Mittelmeer sein. Dort, in der Urlauberhochburg, haben wir natürlich auch schon ein Hotel gebucht. Ich bin ja mal gespannt, was uns dort erwartet.«

»Wegen der Kriminalität«, ergänzte Luzi flüsternd und hielt dabei ihre rechte Hand vor den Mund.

»Ich war noch nie in Nizza«, fuhr ich fort. »Die einen sagen so, die anderen so. Wir werden sehen. Jedenfalls freuen wir uns schon sehr darauf.«

»Meldet euch bitte öfter mal, damit wir wissen, dass es euch gut geht und alles in Ordnung ist. Wir machen uns sonst große Sorgen«, bat uns Jasmin und die Beiden drückten uns zum Abschied ganz fest.

»Macht keinen Quatsch und verdreht den Männern nicht die Köpfe, vor allem du nicht, Oma«, scherzte Marie. »Denke immer an deinen Lover. Spielt nicht wieder James Bond und versucht nicht der Polizei Konkurrenz zu machen. Das kann auch mal schief gehen und wir müssen euch womöglich noch aus dem Gefängnis freikaufen.«

»Ach was. Gefängnis«, wehrte Luzi sofort ab und schaute mich an. »Wir haben doch hoffentlich wieder einen Schutzengel.«

»Dann wünschen wir euch viel Spaß«, sagte Jasmin. »Wir werden zweimal in der Woche eure Blumen gießen, damit sie nicht vertrocknen. Josie, wir brauchen noch deinen Wohnungsschlüssel.«

»Stimmt, das hätte ich bald vergessen. Hier ist er. Du weißt, Lessingstraße 38. Der Name steht auf dem Schlüssel.«

Der Abschied verlief kurz und schmerzlos. Die letzte Nacht vor unserer großen Reise verbrachte ich bei Luzi, damit wir am Morgen sehr zeitig starten konnten.

Los geht es

Am nächsten Tag, am Samstag, den 8. Juli, brauchten wir in der Frühe nur noch unsere Hygieneartikel, etwas Marschverpflegung und Getränke im Auto unterbringen. Schnell waren auch diese letzten Utensilien verstaut. Als Letztes checkten wir, ob wir auch nichts vergessen hatten und holten noch unsere Jacken aus Luzis Wohnung, denn in den Morgenstunden war es noch ziemlich frisch. Luzi merkte dabei nicht, wie ihr Handy aus der Seitentasche nahezu lautlos auf den Teppichboden glitt, was noch fatale Folgen hatte.

Gegen sechs Uhr morgens begaben wir uns endlich auf den Weg. Wir waren beide sehr aufgeregt. Auf der Autobahn A7 herrschte an diesem frühen Samstagmorgen bereits reger Urlaubsverkehr.

Etwa 100 Kilometer vor Frankfurt, auf der A5, wollte Luzi ihre Tochter Jasmin anrufen, um ihr mitzuteilen, dass es uns gut ginge. Jetzt erst fiel ihr auf, dass ihr Handy fehlte. Sie suchte es im Auto und in ihrer Jacke und Handtasche vergebens.

»Ich krieg die Krise. Josie, ich glaube, ich habe mein Handy vergessen. Halte bitte mal auf dem Parkplatz und klingele mich an!«

»Das ist wieder typisch für dich«, ärgerte ich mich über Luzi. »Wenn man bei dir nicht auf alles achtet. Du bist manchmal wie ein kleines Kind. Das ist echt zum Mäusemelken mit dir. Ich fahre aber nicht wieder zurück, falls du es tatsächlich vergessen haben solltest.«

»Bitte nicht mit mir schimpfen. Ich kann doch auch nichts dafür.«

»Ich vielleicht?«

Ich stoppte auf dem Parkplatz und versuchte Luzis Handy anzurufen. Doch wir hörten keinen Klingelton.

»Ich höre nichts«, flüsterte Luzi.

»Das hat bei dir nicht viel zu bedeuten. Du hörst ja eh nicht mehr gut. - Ich höre aber auch nichts. Da wirst du wohl tatsächlich dein Handy zu Hause vergessen haben.«

Ich reichte ihr mein Handy und wir setzten unsere Fahrt fort.

»Zum Glück habe ich ja auch noch eins. Hier, du kannst Jasmin mit meinem Handy anrufen.«

»Danke Josie, du bist ein Schatz. Wenn ich dich nicht hätte.«

»Ich weiß. Wenn du mich nicht hättest, wärst du schon längst im Heim und würdest den ganzen Tag mit deinem Rollator planlos in der Gegend umherirren.«

»Ach was. Mit dem Rollator, dass ich nicht lache.«

Luzi startete bei meinem Handy die Telefon-App.

»Ich finde Jasmins Nummer gar nicht«, wunderte sie sich.

»Das kommt sicher daher, dass ich sie nicht gespeichert habe«, entgegnete ich etwas lehrerhaft. »Hast du ihre Nummer denn nicht im Kopf?«

»Warum? Sie steht doch in meinem Handy.«

Das war Luzi, wie sie leibt und lebt.

»Ha, ha, wie lustig. Na, dann haben wir jetzt ein Problem. Steht Jasmin im Telefonbuch?«, fragte ich.

»Nein, die beim Sender haben sich alle nicht ins Telefonbuch eintragen lassen. Sonst würden sie sich vor Anrufen oder Heiratsanträgen nicht retten können.«

»Dann hast du Pech, meine Gute. Warte ab, wir lassen uns schon was einfallen.«

Mittlerweile waren wir auf der A661 angekommen. Nun hatten wir nur noch wenige Kilometer bis ans Ziel unserer ersten Station Dreieichenhain in der Nähe von Frankfurt.

Als wir dort angekommen waren, brachte ich zuerst unsere Koffer aufs Zimmer. Luzi füllte in der Zwischenzeit das Anmeldeformular aus.

Wie bereits erwähnt, wohnten wir im *Turmhotel*, das ich noch aus meiner berufstätigen Zeit kannte. Wir bekamen ein schönes großes Zimmer, ganz oben in der fünften Etage. Die Decke war teilweise aus Glas, sodass wir nachts die Sterne am Himmel sehen konnten.

Doch vor dem Schlafengehen gönnten wir uns im Gasthof *Faselstall* noch einmal gutbürgerliche hessische Küche.

»Was machen wir nun, Josie? Soll ich mir ein neues Handy kaufen oder nicht?«

»Ich weiß es auch nicht. Zur Not haben wir ja noch mein Handy. Ich glaube, damit kommen wir ganz gut hin. Früher musste es auch ohne Handy gehen.«

»Da gab es aber auch noch Telefonzellen. Und wenn mich jemand anrufen will?«, sorgte sich Luzi und schaute mich fragend an.

»Dann hat derjenige eben Pech. So wichtig wird es wohl nicht sein.«

»Und, wenn Bill versucht, mich zu erreichen?«, gab Luzi zu Bedenken. »Er wird sicher vor dem 25. Juli noch einmal anrufen und fragen, ob alles seinen Gang geht.«

»Stimmt, dann wird es problematisch. Dann wirst du dir wohl doch ein Handy kaufen müssen. Hast du eigentlich Bills Telefonnummer?«

»Ja, sie ist in meinem Handy gespeichert.«

»Ach Luzi. Wenn du Bills Telefonnummer nicht hast, kannst du ihn auch nicht anrufen, auch mit einem neuen Handy nicht. In dem neuen Handy werden gar keine Telefonnummern gespeichert sein. Wir müssen warten, bis er sich meldet.«

»Keine Telefonnummer. Dann brauche ich auch kein neues Handy.«

»Luzi, du bist eine richtige Butterbirne[1].«

»Butterbirne? Wo hast du denn diesen Ausdruck schon wieder her?«

»Das sagt doch deine Enkelin, Marie, ständig zu dir.«

»Die immer mit ihren neumodischen Ausdrücken.«

»Ja, Luzi, die Jugend will ihre eigene Sprache haben. Das war bei uns nicht anders.«

»Ich weiß manchmal gar nicht, was sie meint«, ärgerte sich Luzi.

---

[1] Komplett verplanter Mensch

»Das ist so gewollt. Da kommen wir alten Omas nicht mehr mit.«

»Ich möchte aber auch mitreden können. Ich möchte nicht immer so blöd dastehen.«

»Kannst du das überhaupt?«, fragte ich Luzi. »Dann nimm doch mal bei Marie Unterricht. So und jetzt werden wir zahlen. Ich bin sehr müde. Morgen haben wir eine lange Strecke vor uns.«

Wutachschlucht im Schwarzwald

Nach einem ausgiebigen und guten Frühstück im *Turmhotel Dreieichenhain* machten wir uns am Sonntag, den 9. Juli, erst ziemlich spät auf den Weg. Es war bereits weit nach neun Uhr. Auf der Autobahn A5 war an diesem Tag wenig Verkehr, und auch auf der Bundesstraße B31 ging es zügig vorwärts. Die meisten Urlauber nutzen bereits den Samstag als An- und Abreisetag.

Unsere nächste Station war ein überschaubarer Ort im Südschwarzwald, in der Nähe von Freiburg. Der kleine *Landgasthof Alpenblick* in Löffingen befand sich in der Nähe der Wutachschlucht und gefiel uns auf Anhieb sehr gut. Wir zwei Omas wurden sehr nett empfangen und bekamen ein schönes Zimmer mit Balkon. Unsere frühe Ankunft ermöglichte es uns, am Nachmittag der Schlucht noch einen Besuch abzustatten.

Wir entschieden uns für den Genießerpfad. Das klang erst einmal, wie gemütliches Spazierengehen. Die Wanderung durch die 60 bis 170 Meter tiefe Wutachschlucht hatte es jedoch in sich. Sie begann am Wanderparkplatz und war für uns ein unvergessliches Erlebnis. Nicht umsonst wird die Wutachschlucht der Grand Canyon des Schwarzwaldes genannt.

Während der mehrstündigen Wanderung, die für mich übrigens ziemlich anstrengend war, kamen wir vorbei an mehreren rauschenden Wasserfällen, zerklüfteten Tälern und abenteuerlichen Wildflüssen. An mehreren Stellen war es extrem rutschig und wir mussten beim Laufen sehr aufpassen. Zum Glück hatten wir unsere Trekkingstöcke dabei. In dem engen Canyon schafft es die Sonne nämlich nicht überall die teilweise felsigen Wege vollständig zu trocknen.

Der erste Wasserfall, den wir passierten, war ziemlich laut.

»Na, meine Luzi, erinnert dich das nicht ein wenig an Amerika, an den Grand Canyon im letzten Jahr? Ist das nicht beeindruckend?«, fragte ich sie. »Ich hätte nicht gedacht, dass es so etwas Schönes auch in Deutschland gibt.«

Ich hörte Luzi nicht antworten. Zunächst dachte ich, dass sie mich wegen des tosenden Wasserfalls nicht verstanden hätte. Doch als ich mich umdrehte, sah ich hinter mir keine Luzi. Ich bekam es sofort mit der Angst zu tun und lief schnell den Weg zurück.

»Luzi, wo bist du? Ist was passiert?«, rief ich sorgenvoll.

Nach wenigen Metern sah ich Luzi, wie sie mir panisch zuwinkte. Anscheinend war sie auf dem nassen und schlüpfrigen Weg ausgerutscht und ein Stück den Abhang hinunter geglitten. Ich habe nichts davon mitbekommen.

»Ach Luzi, mit dir habe ich einen Fang gemacht. Was hast du denn nun schon wieder angestellt? Bist du etwa ausgerutscht? Wenn man dich mal eine Sekunde aus den Augen lässt. Das kann doch nicht wahr sein. Erst vergisst du dein Handy und jetzt dieses Malheur.«

»Ach was. Komm, hilf mir hoch! Ich wollte nur den Wasserfall aus einer anderen Perspektive fotografieren. Da wurde es auf einmal etwas rutschig und ich konnte mich nicht mehr auf den Beinen halten. Ich habe dich noch gerufen, aber du hast mich nicht gehört.«

»Das konnte ich auch nicht«, verteidigte ich mich vehement. »Der Wasserfall war so laut. Aber schau dich doch mal an, wie du aussiehst. Du hast ja überall Schlamm an deinen Sachen. Hast du dir etwas gebrochen?«

»Alles okay bei mir«, versicherte mir Luzi. »Der Schmutz trocknet wieder. Komm, lass uns weitergehen.«

»Wir müssen mal schauen, ob wir deine Sachen irgendwo waschen können. Ich glaube in Nizza haben wir eine Waschgelegenheit im Hotel.«

»Ja, ja, in Nizza machen wir das.«

Ich ließ Luzi fortan vor mir herlaufen, damit ich sie besser im Blick hatte. Eben, wie so ein kleines Kind.

Solch eine traumhaft schöne Schlucht habe ich in meinem ganzen Leben noch nicht gesehen und wir waren am Ende froh, dass wir diese schwierige Herausforderung, bis auf Luzis Missgeschick, ganz gut gemeistert hatten.

Abends entschieden wir uns, im Gasthof des Hotels zu essen. Wir konnten aus vielen kulinarischen Köstlichkeiten aus der Region wählen. Aber auch einige internationale Gerichte wurden angeboten. Alles hatte sehr gut geschmeckt und der ereignisreiche Tag fand noch einen schönen Ausklang.

Diebstahl in Freiburg

Am Vormittag des nächsten Tages schauten wir uns die Stadt Freiburg an. Von Löffingen bis Freiburg waren es ziemlich genau 50 Kilometer und wir benötigten etwa 50 Minuten. Es war bereits Montag, der 10. Juli. Wir konnten uns etwas Zeit lassen, da unser nächstes Ziel am Comer See nur etwas mehr als 300 Kilometer entfernt war.

Die Universitätsstadt Freiburg hat eine Menge Sehenswürdigkeiten zu bieten und auch eine schöne Altstadt. Das Wahrzeichen der Stadt und zugleich ihr bedeutendstes Gebäude ist natürlich das Freiburger Münster. Ganz in der Nähe befindet sich das ochsenblutrote Historische Kaufhaus von 1532, was auch durch einige Folgen der Sendung »Bares für Rares« bekannt wurde. Die Freiburger Altstadt mit ihren vielen kleinen Geschäften lädt zudem zum Bummeln ein, was wir Omas ja am liebsten tun.

Wir standen gerade vor einem Souvenirladen und schauten uns die Schaufenster an, da spürte ich, wie jemand an meiner Handtasche zog. Ich war so erschrocken, dass ich sie nicht richtig festhalten konnte. So gelang es dem Dieb, mir die Tasche zu entreißen.

»Halt, haltet den Dieb! Er hat meine Handtasche geklaut«, schrie ich ihm hinterher. Aber, so laut ich auch schrie, es hatte keinen Zweck. Bevor ich einigermaßen reagieren konnte, war der Dieb bereits über alle Berge. Alles ging so schnell, dass ich nicht mal eine verwertbare Personenbeschreibung abgeben konnte, zumal der Gauner noch eine Kapuze auf dem Kopf hatte und eine Sonnenbrille trug.

Das Schlimme an der Sache war, dass sich in meiner Tasche mein Handy, viel Geld und meine Kreditkarte befanden. Luzi blieb vor Schreck die Sprache weg. Sie musste sich erst einmal auf eine Bank setzen und tief durchatmen.

Ein großes Lob den Bürgern der Stadt Freiburg. Unmittelbar nach dem Diebstahl kamen uns mehrere Personen zu Hilfe. Ein junger Mann rief sofort die Polizei an, die auch kurze Zeit später mit Blaulicht und Sirene zur Stelle war. Die Beamten nahmen zwar ein Protokoll auf, aber ohne genaue Personenbeschreibung des Diebes machten sie uns wenig Hoffnung, ihn zu fassen. Der eine Polizist meinte nur, dass es in letzter Zeit in Freiburg öfter zu Handtaschendiebstählen kam. Die Täter wären größtenteils Drogensüchtige. Die meisten der Diebe waren zwar polizeibekannt, aber ihnen derartige Verbrechen nachzuweisen, wäre sehr schwierig.

Eine Frau lieh mir sogar ihr Handy und half mir, meine Kreditkarte sperren zu lassen. Nun besaßen wir gar kein Handy mehr und uns blieb nichts anderes übrig, als einen Mobilfunkladen aufzusuchen und einen neuen Vertrag abzuschließen. Die nette Frau erklärte uns ganz genau den Weg bis dahin und wir zogen los.

Kurz vor dem Ziel kamen wir an einem Spielzeugladen vorbei. Ich traute meinen Augen nicht. Bei einem jungen Mann im Shop sah ich meine Handtasche wieder. Neben ihm stand ein weiterer Mann. Es sah so aus, als ob der Dieb noch einen Komplizen hatte.

»Ich glaube es nicht. Schau mal, Luzi, der junge Mann dort hat meine Handtasche. Die Beiden gehören bestimmt zusammen. Sie suchen sich wahrscheinlich gerade ihr nächstes Opfer aus. Nichts wie rein, aber sie dürfen uns nicht sehen.«

Vorsichtig und immer die Täter im Visier betraten wir den Laden. Ich sah, wie ein Verkäufer an der Theke einem Kunden gerade eine Softair-Waffe erklärte.

»Darf ich mir die mal kurz ausleihen? Sie bekommen sie gleich wieder zurück.«

Ohne die Antwort abzuwarten, riss ich dem Verkäufer die Waffe aus der Hand und eilte zu den Gaunern, denen ich diese unter die Nase hielt. Ich weiß, dass man keine Waffe auf einen Menschen richten soll. Aber ich hatte in dieser Situation keine andere Wahl. Außerdem war es ja keine echte Waffe. Es konnte also nichts passieren. Aber das wussten ja die Diebe nicht.

»Hände hoch, du Vagabund. Ich habe dich erwischt. Wir warten jetzt solange hier, bis die Polizei kommt und ihr rührt euch nicht von der Stelle. Verstanden?«

Die Beiden hoben aus Angst sofort ihre Hände. Der Verkäufer reagierte schnell und rief die Polizei. Es gelang mir, die Gangster bis zum Eintreffen der Polizei mit dieser Spielzeugpistole in Schacht zuhalten.

Es kamen wieder dieselben Polizisten, wie kurz vorher beim Diebstahl meiner Handtasche. Die Beamten lächelten. Der eine von ihnen scherzte sogar: »Irgendwie kommen Sie mir bekannt vor. Haben wir uns nicht schon mal gesehen? Sie können die Waffe nun weglegen. Damit können Sie sowieso keinen Schaden anrichten.«

Die Diebe schauten sich fragend an. Wahrscheinlich hatten sie noch nie eine derartige Softair-Waffe gesehen. Sie sah aber auch einer echten Waffe täuschend ähnlich. Und das ist eben auch das Schlimme daran. Ich wundere mich, dass solche Waffen in einem Spielzeugladen verkauft werden dürfen. Die Polizisten legten den Dieben Handschellen an und einer der Beamten brachte sie in ihr Polizeiauto.

Mir fiel auf, dass sich Luzie immerzu nach allen Seiten umschaute.

»Was schaust du dich denn ständig um. Leidest du an Verfolgungswahn?«, fragte ich sie. »Muss ich mir langsam Sorgen machen?«

»Ach was. Ich suche unseren Schutzengel. Ich kann ihn aber nicht sehen. Der mag uns vielleicht nicht mehr.«

Was das mit dem Schutzengel zu bedeuten hatte, haben Sie in meinem ersten Band »Oma Josie im Wilden Westen« erfahren. Deshalb möchte ich nicht noch einmal darauf eingehen. Ich möchte nur erwähnen, dass wir den Schutzengel in Freiburg vergeblich suchten.

Zum Glück befand sich mein Geldbeutel mit der Kreditkarte noch in der Handtasche und ich konnte sie wieder aktivieren lassen. Leider konnten die Polizisten bei den Dieben mein

Handy nicht finden, das hatten sie sicher schon an potentielle Interessenten »weitergeleitet«. Ich musste es für immer abschreiben. Um wenigstens ein funktionierendes Handy zu haben, blieb uns nichts anderes übrig, als nun doch ein neues zu kaufen und die Nummer des alten Handys umgehend sperren zu lassen.

Die Dame im Handy-Shop war sehr freundlich, hilfsbereit und kompetent, sodass unser Anliegen in nicht einmal einer halben Stunde erledigt werden konnte. Nun hatten wir zwar ein neues Handy, aber keine Telefonnummern von unseren Freunden und Verwandten. Wir konnten weder jemand von ihnen anrufen, noch waren wir für sie erreichbar.

Nach diesem ungeplanten Vorfall in Freiburg mussten wir uns schleunigst auf den Weg zum Comer See machen. Über 300 Kilometer und etwa vier Stunden lagen vor uns und es war bereits Mittag. Aber immer noch Zeit genug für eine stressfreie Fahrt.

Zunächst fuhren wir auf der Landstraße B31 wieder zurück in Richtung Löffingen. In Hüfingen bogen wir ab auf die B27 in Richtung Schaffhausen. An einer Tankstelle kauften wir uns die Autobahnplakette für die Schweiz.

Nach nur wenigen Kilometern Landstraße fuhren wir dann fast nur noch auf der Autobahn, zunächst auf der A4, dann auf der A2 (alles Schweizer Bezeichnungen).

Nachdem wir am wunderschönen Luganer See ankamen, wussten wir, dass wir es bald geschafft hatten. Auf der SS340 passierten wir einen langen Tunnel und als wir ihn verließen, waren wir auch schon in Italien, am Comer See.

Die letzten Kilometer bis Lenno fuhren wir unmittelbar am See entlang und hörten dabei im Autoradio die passende Musik. Schade, dass wir uns kein Cabriolet ausgeliehen hatten. Im Radio spielten sie den Song von Nino de Angelo:

Wenn selbst ein Kind nicht mehr lacht
wie ein Kind
Dann sind wir jenseits von Eden
Wenn wir nicht fühlen
Die Erde sie weint
Wie kein and'rer Planet
Dann haben wir umsonst gelebt

»Ich liebe dieses Lied«, schwärmte Luzi.

»So richtig italienisch ist das aber nicht. Nur der Interpret hat einen italienischen Namen.«

»Sei nicht so kleinlich Josie!«

»Jetzt, wo wir in Italien sind, würde ich auch gern mal ein richtiges italienisches Lied hören. Vielleicht von Eros Ramazotti.«

»Den mag ich auch«, stimmte Luzi mir zu. »Schade, dass er nicht mehr mit der Hunziker zusammen ist. Die haben doch gut zusammengepasst.«

»Luzi, du weißt doch gar nicht, was da vorgefallen ist. In einer bekannten Zeitung habe ich gelesen, dass *sie* jahrelang in einer Sekte gelebt haben soll.«

»Ach was. Das glaube ich nicht.«

»Das stand aber drin. Die können doch nicht was schreiben, wenn es gar nicht stimmt«, versuchte ich meine Aussage zu bekräftigen.

»Dafür möchte ich meine Hand auch nicht ins Feuer legen. Die schreiben manchmal sehr viel Blödsinn, wenn der Tag lang ist und nur, um die Leute neugierig auf ihre Zeitung zu machen.«

«Da hast du auch wieder recht.«

Kurz nach 19 Uhr erreichten wir endlich unser Ziel. Wir wohnten in einer alten *Villa La Tana Rooms* und hatten ein sehr schönes Zimmer mit Terrasse.

Es lag daher auf der Hand, dass wir am Abend in einem gemütlichen Restaurant ganz in der Nähe des Hotels eine köstliche Pizza verspeisten und den ereignisreichen Tag noch einmal Revue passieren ließen.

»Na, Luzi, da haben wir aber eine gute Wahl getroffen mit unserer Unterkunft.«

»Bis jetzt hatten wir doch immer Glück.«

»Ich hoffe, das geht so weiter.«

Bill meldet sich bei Jasmin

»Mom, hat sich eigentlich Oma schon gemeldet?«, fragte Marie neugierig ihre Mutter.

»Nein, bei mir nicht. Langsam mache ich mir Sorgen. Wir haben bereits Dienstag, den 11. Juli, und immer noch kein Lebenszeichen von den Beiden. Heute müssten sie doch schon am Comer See in Italien sein.«

Plötzlich klingelte Jasmins Handy.

»Wenn man vom Teufel spricht. Vielleicht sind sie es *jetzt*.«

»Hallo Jasmin, hier ist Bill aus San Francisco. Ich hoffe, du weißt, wer ich bin. Von Luzi habe ich vor ein paar Wochen erfahren, dass du von Australien nach Deutschland gezogen bist.«

»Hi Bill, natürlich habe ich von dir gehört. Luzi erzählt ja fast nur noch von dir. Du hast ihr Leben total umgekrempelt. Sie ist in ihrem Alter noch mal so richtig aufgeblüht.

Luzi und Josie sind bereits vor zwei Tagen abgereist. Sie wollten das schöne Wetter ausnutzen und ein paar Tage dranhängen. Das war eine sehr kurzfristige Entscheidung. Haben sie dir das nicht geschrieben oder erzählt?«

»Nein, davon weiß ich nichts. Das ist ja komisch. Sonst berichtet mir Luzi immer gleich alles brühwarm.«

»Merkwürdig ist das schon. Die sind einfach Hals über Kopf los. Seitdem habe ich nichts mehr von ihnen gehört. Ich weiß nicht, was da los ist. Sonst ruft Luzi zwischendurch immer mal an. So, wie im letzten Jahr, als sie in Amerika waren. Da hatte sie sich auch zwei- oder dreimal bei uns in Australien gemeldet. Kannst *du* dir das erklären?«, Jasmin klang sichtlich besorgt.

»Nein, das kann ich mir nicht erklären. Heute habe ich mindestens zwanzigmal auf ihrem Handy angerufen, aber sie geht einfach nicht ran. Ich musste leider kurzfristig meine Reise nach Spanien absagen.«

»Oh, mein Gott. Das ist ja schrecklich. Warum? Bist du krank?«

»Nein, nein, Jasmin. Im Gegenteil, ich habe eine große Überraschung für Luzi. Sie wird ihr sicher mehr bedeuten, als die Reise zur Alhambra in Granada. Die können wir immer noch nachholen, vielleicht sogar gemeinsam.«

Jetzt hatte Bill Jasmin aber sehr neugierig gemacht. »Darf ich fragen, was das für eine Überraschung ist? Oder ist das geheim?«

»Das darfst du gern. Ich wollte Luzi überraschen und habe für den 31.07.2017 in Las Vegas einen Hochzeitstermin für uns vereinbart. Den kann ich leider nicht mehr verschieben. Es war der einzige Termin, der in diesem Jahr noch frei war. Ich habe ihn auch nur bekommen, weil jemand kurzfristig abgesprungen ist.«

»Bist du verrückt, in Las Vegas?«, Jasmin war total überrascht. »Jetzt bin ich aber geflasht, wie man neudeutsch sagt. Da wird sie sich sicher mächtig freuen. Aber der Termin ist ja schon in knapp drei Wochen. Ist das denn noch zu schaffen?«

»Ja eben«, stimmte ihr Bill zu. »Deshalb versuche ich ja dringend, sie zu erreichen. Einen Flug habe ich auch schon gebucht, für Luzi und für Josie, am 28.07.2017 von Frankfurt nach San Francisco.«

»Oh, mein Gott, das wird ja immer knapper.«

»Ja, Jasmin, wenn sie am Mittwoch erst losgefahren wären, hätten sie heute noch alle Hotels und den Mietwagen bequem kostenfrei stornieren können. Und sie hätten noch genügend Zeit gehabt, um sich auf die Reise und die Hochzeit vorzubereiten. Mit dieser plötzlichen Reiseänderung habe ich jedoch nicht gerechnet.

Jetzt wird es langsam eng. Den Termin müssen wir unbedingt einhalten, komme was wolle.«

»Oh, mein Gott. Was machen wir nun?«, Jasmin war ratlos. »Da kann ich nur mal in ihrer Wohnung nachschauen. Vielleicht hat Luzi ihr Handy vergessen. Da hätte sich aber wenigstens Josie mal melden können. Ihre Nummer habe ich leider nicht und sie hat sicher auch nicht meine Nummer.«

»Es gibt nur einen Weg«, meinte Bill, »jemand muss ihnen hinterherfahren und Luzi und Josie so schnell, wie möglich zurückholen.«

»Da denkst du bestimmt an mich?«, fragte Jasmin obwohl sie Bills Antwort schon ahnen konnte.

»Hmmm, oder hast du eine andere Lösung?«

»Ich fahre sofort in ihre Wohnung. Vielleicht finde ich dort ihr Handy und noch ein paar andere Anhaltspunkte von ihrer Reise. Danach melde ich mich gleich bei dir, Bill. Okay?«

»Okay, so machen wir es. Bye, Jasmin, bis bald.«

»Bye, Bill. Eine Frage noch, Bill: Woher hast du eigentlich meine Telefonnummer?«

»Ach, die hat mir Luzi mal gegeben. Für alle Fälle. Man weiß ja nie. In dem Alter kann schnell mal was passieren. Verstehst du? Dann ist es immer gut, wenn man eine Telefonnummer hat, wo man mal nachfragen kann. Wie in diesem Fall. Meine siehst du ja auf dem Display.«

»Ich verstehe. Alles klar. Bye Bill.«

»Hast du mitgehört, Marie? Das nenne ich eine Überraschung. Aber um die Beiden mache ich mir Sorgen. Was da wohl los ist?«

»Ja, das ist ja eine schöne Scheiße.«

»Sag nicht immer solche Wörter!«

»Schöne Kacke.«

Jasmin fuhr umgehend in Luzis Wohnung. Dort fand sie tatsächlich ihr Handy. Es lag gleich hinter der Eingangstür. Ein eindeutiges Zeichen, dass es ihr bei der Abreise aus der Tasche gefallen sein muss. Da Luzi nicht mehr so gut hört, hatte sie es wahrscheinlich nicht mitbekommen. Der Akku war jedoch vollständig entladen. Jasmin atmete auf. Ihre Mutter hatte das Handy also nicht mit Absicht zu Hause gelassen. Das war schon mal ein gutes Zeichen.

Anschließend suchte Jasmin nach irgendeinem Hinweis zur Reise und fand in einem Papierkorb Reste eines zerknitterten Stück Papieres. Darauf war die Route bis Granada zu sehen und einige Zwischenstationen auf dem Weg bis dahin. Unter anderem Sevilla, Ronda und Córdoba.

Bei den ersten vier Stationen, Frankfurt-Dreieichenhain, Schwarzwald, Comer See und Nizza waren die gebuchten Hotels aufgeführt. Danach war nur die Strecke markiert, aber keine Hotels notiert, außer dem Hotel in Granada. Die Namen der Hotels dazwischen fehlten.

Als Jasmin wieder zu Hause war, fragte Marie besorgt: »Hast du bei Oma etwas gefunden?«

Jasmin nickte.

»Ihr Handy. Sie hat es tatsächlich vergessen, oder es ist ihr unbemerkt aus der Jackentasche gefallen. Da es aber auf dem Fußboden lag, deutet alles auf das Zweite hin.«

»Hat sie wenigstens ihr Seniorenkonfekt[2] mitgenommen?«, scherzte Marie.

»Sehr witzig. Das ist jetzt nicht lustig. Das hier habe ich auch gefunden«, sie zeigte Marie das Stück Papier. »Es ist der Plan, der die Route bis zur Alhambra auflistet. Er lag in einem Papierkorb. Ob der Plan noch aktuell ist, weiß ich natürlich nicht. Aber es ist wenigstens ein Anhaltspunkt.

---

[2] Tabletten

Dieser Plan war sicher nur ein Entwurf, denn einige Hotels vermisse ich darauf. Zum Beispiel die am Mittelmeer und die in Sevilla, Ronda und Córdoba. Außerdem fehlt ein Viertel der Seite, ich habe es nirgends gefunden. Es wäre möglich, dass auf dem fehlenden Stück, die Hotels standen.«

»Das kann natürlich sein, Mami.«

Jasmin schaute sich den Plan noch einmal etwas genauer an.

»Nach diesem Plan müssten sie heute, wie geplant, am Comer See sein. Die ersten beiden Hotels stimmen mit denen überein, die sie uns genannt haben. Dann sollte logischerweise das Hotel am Comer See hoffentlich auch stimmen.«

»Rufe doch bitte gleich mal das Hotel am Comer See an, ob sie dort eingecheckt haben. Wir dürfen keine Zeit verlieren.«

»Okay, mache ich. Hoffentlich ist um diese Zeit noch jemand an der Rezeption.«

Jasmin suchte sich im Internet die Telefonnummer heraus und wählte die Nummer. Doch im Hotel nahm keiner ab.

»So ein Mist, ich kann sie nicht erreichen«, ärgerte sich Jasmin. »Wenn dieser Plan stimmt, dann fahren sie morgen bereits weiter nach

Nizza. Das Hotel haben wir auch. Wenn wir sie am Comer See nicht telefonisch erreichen, dann spätestens in Nizza. Ich werde es gleich morgen früh nochmal versuchen.«

»Wenn du in den ersten beiden Hotels anrufst, ob Oma und Josie dort übernachtet haben, wissen wir wenigstens, dass es ihnen gut geht. Ruf doch bitte mal im *Turmhotel* an! Wenn sie dort gewesen sind, wird schon nichts Schlimmes passiert sein.«

»Dann machen wir es doch gleich.«

Jasmin wählte die Nummer.

»Turmhotel Dreieichenhain. Was kann ich für Sie tun?«, meldete sich eine weibliche Stimme.

»Mein Name ist Jasmin Wood. Ich habe eine Frage. Es ist sehr wichtig. Meine Mutter, die Luzi Müller ist mit ihrer Freundin auf dem Weg nach Spanien. Sie muss dringend wieder zurückkommen. Es ist ein Notfall. Wir können sie nicht erreichen, weil sie ihr Handy zu Hause vergessen hat. Ich wollte nur wissen, ob die Beiden bei ihnen übernachtet haben.«

»Moment, ich schau mal nach.« Es dauerte knapp eine Minute. »Ja, hier habe ich etwas gefunden. Luzi Müller hat mit einer Dame hier übernachtet, vom Samstag zum Sonntag. Den

Namen der anderen Dame weiß ich nicht. Es hat sich nur Luzi Müller eingetragen.«

»Oh, vielen Dank. Sie haben mir sehr geholfen.«

Jasmin schaute in ihren Terminkalender.

»Was hast du vor?«, fragte Marie.

»Das werde ich morgen entscheiden. Früh rufe ich erst noch einmal am Comer See an.«

»Dann sag' aber Bill Bescheid, damit er sich keine Sorgen macht.«

»Das mache ich, ich rufe ihn gleich an.«

Nach Jasmins Anruf bei Bill war er erst einmal erleichtert, dass höchstwahrscheinlich nichts passiert war, bis auf das vergessene Handy. Nun hofften Jasmin und Bill, dass die kommenden Tage positiv verlaufen würden.

Josie und Luzi am Comer See

Nach einem, für italienische Verhältnisse eher ungewöhnlichen, leckeren Frühstück hatten wir den ganzen Dienstag Zeit, um uns einige Sehenswürdigkeiten am Comer See anzuschauen. Das Auto ließen wir an der Unterkunft stehen und zur Fortbewegung nutzen wir die Schiffe auf dem See. Wir kauften uns ein Tagesticket und konnten damit, wie es der Name schon sagt, den ganzen Tag gemütlich von Ort zu Ort schippern. Das war wirklich toll und auch sehr bequem. Man brauchte nicht ständig nach einem Parkplatz Ausschau halten, die in den kleinen Orten rund um den See mit den engen Gassen sowieso Mangelware sind.

Der Comer See ist zwar nicht ganz so bekannt, wie der größere Bruder, der Garda See, aber nicht weniger attraktiv. Nicht umsonst hat George Clooney am Comer See ein Feriendomizil. Auch wurden bereits mehrere Filme, wie »Oceans 12«, »Casino Royale« oder »Star Wars Episode II« dort gedreht.

»Ich würde gern mal wissen, wo der Clooney wohnt«, meinte Luzi, als wir im Schiff auf Tremezzo zusteuerten.

Ich schaute Luzi verwundert von oben bis unten an. »Warum? Was willst du von dem alten Sack? Der ist doch bestimmt auch schon fast 60. Möchtest du ihn mal besuchen?«

»Ich möchte nur mal wissen, wie ein Hollywood-Schauspieler so wohnt.«

»Das konntest du doch im letzten Jahr schon in Malibu bestaunen.«

»Ob es bei ihm auch so aussieht, wie bei den Schönen und Reichen in Malibu?«

Ich zuckte mit den Schultern. »Woher soll ich das wissen? Ich war noch nicht bei ihm. Das interessiert mich auch nicht wirklich. Jedenfalls ist der Comer See schon mal viel kleiner als der Pazifik.«

»Der Clooney ist doch mit einer Libanesin verheiratet. Ich habe gelesen, dass sie im letzten Monat Zwillinge bekommen haben, Ella und Alexander heißen sie.«

»Was du alles weißt, Luzi«, staunte ich. »In dem Alter möchte ich aber keine Kinder mehr groß ziehen. Dazu hätte ich keine Nerven mehr.«

»Schauspieler sehen das scheinbar anders, als wir normale Menschen«, entgegnete Luzi. »Die haben viel mehr Zeit und sind sicher auch entspannter. Die brauchen nur den Text für ihre Filmrollen lernen. Oder sie haben eine Nonny.«

»Du meinst Nanny?«, verbesserte ich Luzi. »Aber den Libanon möchte ich mir auch gern mal anschauen. Vor allem Baalbeck mit den berühmten Tempelanlagen«, schwärmte ich. »Wer weiß, ob wir da jemals wieder hin können. Im Moment zieht mich leider nichts in dieses Land.«

»Im Moment sind wir ja erst einmal in Italien, am schönen Comer See.«

»Genau, meine Gute. Und das werden wir jetzt genießen.«

Zunächst besuchten wir am Comer See die ehemalige Sommerresidenz *Villa Carlotta* in Tremezzo. Heute ist die Residenz ein Museum und von einer acht Hektar großen Parkanlage mit unterschiedlichen Abschnitten umgeben. Unter anderem gibt es einen italienischen Garten mit Orangen- und Kamelienbäumchen, einen Rhododendron- und Azaleengarten mit sage und schreibe 150 verschieden Arten, einen Bambusgarten und einen Englischen Garten mit einer künstlichen Schlucht.

Etwa zwei Stunden hielten wir uns in der *Villa Carlotta* mit dem schönen Garten auf. Selten habe ich solch einen wundervollen Park gesehen.

Anschließend fuhren wir mit dem Schiff über den See nach Bellano und machten einen Abstecher in die gleichnamige Schlucht Bellano. Diesmal musste Luzi vor mir her laufen. Da hatte ich sie immer im Blick und konnte bei eventuellen Fisimatenten von Luzi schnell reagieren.

Am Nachmittag hatten wir noch genügend Zeit, um ein wenig im Garten der *Villa Monastero* in Varenna, einem ehemaligen Zisterzienserkloster aus dem 12. Jahrhundert, spazieren zu gehen. Die schmale Parkanlage zieht sich ein paar Hundert Meter am Comer See entlang und bietet wunderschöne Fotomotive, sowohl von den verschiedenen Pflanzen, als auch vom See.

Am späten Abend gönnten wir uns eine leckere Pizza in Varenna und nahmen anschließend das letzte Schiff, um wieder auf die andere Seite des Sees nach Lenno zu gelangen. So viel gelaufen, wie an diesem Tag sind wir den Rest unserer Reise nicht mehr.

Jasmin und Marie in großer Sorge

Jasmin konnte am Mittwoch, den 12. Juli, erst nach neun Uhr einen Mitarbeiter im Hotel am Comer See erreichen. Doch es war zu spät. Nach Auskunft des Hotelangestellten verließen ich und Luzi bereits vor einer halben Stunde das Hotel in Richtung Nizza.

Jasmin nahm Marie in den Arm. »Jetzt steht es eindeutig fest. Ich werde Luzi und Josie morgen hinterherfahren. In Freiburg werde ich einen Zwischenstopp einlegen und am nächsten Tag fahre ich gleich durch bis Nizza. Somit gewinne ich etwas Zeit. Am Freitagabend werde ich sie dann in Nizza abfangen. Zum Glück weiß ich ja, welches Hotel sie gebucht haben.

Am Samstag kann ich mich mit Oma und Josie gleich auf die Heimreise begeben. Dann sind wir Anfang nächster Woche zurück und Luzi hat noch genügend Zeit, um sich auf ihr großes Ereignis vorzubereiten. Wie findest du das?«

»Ist es nicht besser, wenn du abends in dem Hotel in Nizza anrufst und sie bittest, sofort zurückzukommen?«, schlug Marie vor. »Dann sparst du dir die lange Fahrt.«

Jasmin schüttelte den Kopf. »Nein. Das ist mir zu unsicher. Was ist, wenn ich sie nicht erreiche, wie am Comer See? Oder sie haben sich kurzfristig für ein anderes Hotel entschieden. Alles ist möglich.

Marie, das ist unsere letzte Chance, sie zu erreichen. Nach Nizza haben wir überhaupt keine Anhaltspunkte mehr, wo sie sich aufhalten.«

Marie hatte noch einen anderen Vorschlag. »Aber wir könnten sie doch in dem Hotel in Granada erreichen und sie bitten, sofort mit dem Flieger zurückzukommen.«

»Wie soll das gehen? Das wird ziemlich knapp. Sie werden aus allen Wolken fallen und keiner hilft den alten Damen. Und was machen sie mit dem Mietwagen? Den müssen sie doch wieder in Deutschland abgeben. Ich habe keine andere Wahl. Ich muss nach Nizza fahren. Das ist unsere einzige Chance. Verstehst du?«

»Bekommst du eigentlich so schnell frei?«, fragte Marie.

»Ab nächste Woche habe ich sowieso drei Wochen Urlaub. Das mit morgen und übermorgen regele ich schon. Ich werde gleich mal meinen Chef anrufen.«

»Wolltest du nicht deine Freundin in Schweden besuchen?«, erinnerte sich Marie.

»Den Besuch werde ich wohl leider absagen oder verschieben müssen. Mal sehen, wann wir zurück sind. Morgen geht es erst einmal Richtung Mittelmeer.«

»Cool, da komme ich mit und Cem möchte sicher auch gern mitkommen.«

Jasmin horchte auf und ihr Gesichtsausdruck war alles andere, als freudig. »Cem? *Du* kannst gern mitkommen, aber nur ohne Cem. Ich nehme keinen Türken mit. Die haben doch keinen Respekt vor Frauen und sind alle in irgendwelche kriminelle Handlungen verstrickt, Drogen und so. Das wirst du natürlich besser wissen, wenn du in solchen Kreisen verkehrst. Warum bist du eigentlich nicht mehr mit Marko zusammen? Das wollte ich dich schon längst mal fragen.«

Marie schaute ihre Mutter vorwurfsvoll an.

»Ach, der war mir zu angedickt[3]. Der hat den ganzen Tag mit einer Tüte Chips auf dem Sofa fermentiert[4]. Das war mir zu langweilig. Außerdem ist der mit meiner Besti[5] Emma nicht ausgekommen. Die Beiden hatten sich ständig wegen irgendwelchen Kleinigkeiten in den Haaren.«

---

[3] Leicht übergewichtig
[4] Kontrolliertes Gammeln
[5] Beste Freundin

»Ach so. Das wusste ich nicht. Ständig Streit mit der besten Freundin ist auch nicht schön. Aber muss es ausgerechnet ein Türke sein?«

»Erstens ist Cem kein Türke, sondern Deutscher, weil er hier geboren ist. Und zweitens ist Cem nicht so, wie du denkst. Der ist ganz anders, der ist mega lieb.

Wie kommst du eigentlich drauf, dass alle Türken kriminell sind? Du hast ihn ja noch nicht einmal gesehen«, Maries Stimme klang vorwurfsvoll und etwas beleidigt.

»Weil es so ist. Entweder wir fahren ohne Cem, oder du bleibst hier. Mein letztes Wort.«

Marie weinte und verließ das Wohnzimmer. Dabei schlug sie laut die Tür zu. Etwa nach einer halben Stunde kam sie wieder zurück und kuschelte bei Jasmin.

»Ich komme mit, alleine. Ich kann Cem ja immer mal anrufen oder wir whatsappen. Außerdem würde ihm sein Chef so kurzfristig sowieso keinen Urlaub genehmigen.«

»Was macht Cem eigentlich beruflich?«, fragte Jasmin neugierig. »Arbeitet er *überhaupt*?«

»Mami, Cem ist Krankenpfleger auf der ITS an der Uni-Klinik. Es sind vorwiegend ältere Menschen, um die er sich in vier Schichten kümmern muss. Nächstes Jahr beginnt er ein Medizin-Studium. Er möchte gern Arzt werden.«

»Oh, das hätte ich nicht von ihm gedacht«, staunte Jasmin.

»Warum nicht? Du denkst sicher, alle Türken sind faul und arbeiten nicht. Aber das ist ein Vorurteil.«

Jasmin nahm Marie in den Arm und drückte sie ganz fest.

»Nein, das denke ich natürlich nicht. Entschuldige bitte, dass ich so schlecht über Türken gesprochen habe. Sicher sind das alles nur Vorurteile.

Lass uns morgen früh losfahren. Ich werde Bill anrufen und ihn von unserem Plan berichten. Er wird sich sicher freuen. Andernfalls stünde der Hochzeitstermin von Oma und Bill auf der Kippe. Das müssen wir unbedingt verhindern.

Danach packe ich gleich meine Reisetasche. Wir werden sicher nur Sommersachen benötigen. Am Meer ist es überall über dreißig Grad warm.«

»Ich muss noch mal kurz zu Cem«, sagte Marie. »Er hat noch einige Sachen von mir, die ich unbedingt mitnehmen möchte.«

»Okay, aber bleib nicht zu lange. Du weißt, wir müssen morgen früh zeitig los. In der Zwischenzeit buche ich uns ein Hotel in Freiburg.«

»Bye Mom, bis bald.«

Marie fuhr mit dem Fahrrad zu Cem und erzählte ihm die ganze Geschichte mit Luzi, Bill und der Hochzeit in Las Vegas.

»Tut mir leid, Cem, dass meine Mutter nicht möchte, dass du mitkommst.«

»Kein Problem. Ich habe inzwischen gelernt, mit diesen Vorurteilen der Deutschen über Türken zu leben. Wenn wir uns länger kennen, werden wir uns sicher auch besser verstehen. Man kann einem Menschen nicht vorschreiben, wen er zu mögen hat und wen nicht. Das muss derjenige selbst erfahren.

Du wirst sehen, deine Mutter und ich werden noch die besten Freunde werden. Eines Tages wird sie mich in ihr Herz schließen und mich mögen. Wir müssen ihr nur genügend Zeit lassen. Dann fährst du eben alleine. Wir können ja immer mal whatsappen.«

Marie freute sich über Cems Verständnis und küsste ihn.

»Genau. Danke Cem, ich hab' dich lieb. Ich werde mich jeden Tag bei dir melden. Wenn alles gut geht, sind wir in ein paar Tagen wieder da. Ich werde dir täglich berichten, was ich erlebt habe. Hoffentlich haben die Hotels keine Bambusleitung[6].«

---

[6] Langsames Internet

Josie und Luzi nach Nizza/Sanremo

Am Mittwochmorgen, dem 12. Juli, fuhren wir gleich nach dem Frühstück weiter in Richtung Nizza. Etwa 400 Kilometer lagen vor uns. Zu spät wollten wir nicht ankommen, damit wir noch etwas von dem schönen Tag genießen konnten. Die Sonne schien von einem wolkenlosen, blauen Himmel herab und wieder hatten wir einen heißen Tag zu erwarten. Unser Ziel war es, spätestens gegen 16 Uhr im Hotel in Nizza zu sein. Zeit genug, um abends noch etwas auf der Strandpromenade zu bummeln und ein oder zwei Gläschen Wein zu trinken.

Doch dann kam alles ganz anders, als wir es uns in unseren kühnsten Träumen vorgestellt hatten. Noch auf italienischer Seite hörten wir auf einem Schweizer Sender von einem schweren Verkehrsunfall mit mehreren Verletzten kurz vor Nizza, genauer gesagt, in Höhe des Ortes Menton. Etwa 40 Fahrzeuge waren in den Unfall verwickelt gewesen.

Die Autobahn wurde auf beiden Seiten gesperrt. Mindestens bis nach Mitternacht sollte die Sperrung dauern. Die Polizei riet ab, auf Landstraßen auszuweichen, weil auch dort kein Fortkommen wäre. Es hätte bereits mehrere

Unfälle mit LKWs gegeben, die nun die Straßen versperrten. Die Polizei hatte begonnen, die gestauten Fahrzeuge geordnet bis zur nächsten Ausfahrt zurückfahren zu lassen.

»Das hat uns gerade noch gefehlt«, jammerte ich. »Was machen wir nun? Ich befürchte, dass wir heute nicht mehr im Hotel ankommen werden. Uns wird wohl nichts anderes übrig bleiben, als im Auto zu nächtigen.«

»Ach was, im Auto pennen. Das kommt überhaupt nicht infrage«, wiegelte Luzi sofort ab. »Wir sind doch keine Hippies mehr.«

Da hatte Luzi plötzlich einen genialen Einfall. »Ich hätte da ja einen viel besseren Vorschlag.«

»Und der wäre?«, fragte ich neugierig. »Da bin ich ja mal gespannt, du und Ideen. Das wäre ja mal was ganz Neues.«

»Ganz dünnes Eis, Josie. - Pass auf! Noch stehen wir ja nicht im Stau. Was hältst du davon, wenn wir das Hotel in Nizza telefonisch stornieren und stattdessen die nächste Abfahrt nach Sanremo nehmen?«

Ich war begeistert von Luzis Vorschlag. »Luzi, du bist doch kein Brotgehirn[7]. Das ist eine

---

[7] Dummer Mensch

super Idee. Ich werde gleich auf dem nächsten Parkplatz anhalten und das Hotel anrufen.«

»Brotgehirn? Ein Brot hat doch kein Gehirn!«

An einer Raststätte hielten wir kurz an. Wir waren nicht die Ersten, die im Hotel ihr Zimmer stornierten, deshalb mussten wir uns beeilen, nach Sanremo zu kommen.

Als wir die vielen großen und mondänen Hotels am Strand von Sanremo sahen, bekamen wir zunächst einen Schreck. Doch zwischen diesen, nicht unmittelbar am Strand gelegenen, Hotels entdeckten wir ein kleineres Hotel mit dem Namen *Sanremo Inn*. Wir hatten großes Glück und bekamen noch ein schönes Zimmer mit Balkon und Blick in Richtung Meer. Das Zimmer war liebevoll eingerichtet, frisch renoviert und sehr sauber.

Letzten Endes war es uns egal, wo wir nächtigten, ob in Nizza oder in Sanremo, zumal sich diese Orte sicher nicht viel nehmen. Zumindest liegen sie beide am Mittelmeer und nur wenige Kilometer voneinander entfernt. In der einen Stadt redet man Französisch und in der anderen Italienisch.

Wie immer, wenn wir ein Hotelzimmer betreten, war Luzis erster Gang ins Bad. Als sie wieder herauskam, sagte sie: »Das Bad ist wirklich super. Die haben sogar zwei Klobecken. Da können wir zur Not gemeinsam …«

»Was redest du da schon wieder, Luzi? Zeig mal!«

Ich schaute sofort in das Bad.

»Willst du mich veralbern? Das zweite Becken ist doch ein Bidet.«

»Bidet? Was ist das denn?«, fragte Luzi.

»Sag bloß, du kennst kein Bidet.«

»Woher sollte ich das kennen. Ich habe nur *ein* Klobecken. Wozu braucht man noch ein zweites?«

»Ach Luzi, ein Bidet nutzt man in vielen europäischen Ländern, wie Italien, Frankreich und Spanien. Es wird uns wohl von nun an bis nach Granada verfolgen.«

»Und was macht man damit? Sag es mir endlich!« Luzi war ganz ungeduldig.

»Ein Bidet ist ein Sitzwaschbecken und dient zur Reinigung nach dem Toilettengang oder zur Fußwaschung.«

»Ach was. Und wie soll das gehen?«, fragte Luzi etwas skeptisch.

»Darin kann man sich vorn und hinten reinigen. Entweder man lässt Wasser rein oder nutzt einfach den Strahl, wie eine Dusche.

Du musst es aber nicht nutzen. Wie gewohnt, kannst du aber auch Toilettenpapier verwenden. Daneben ist noch ein Trockner angebracht, siehst du? Damit kannst du auch anschließend deinen Allerwertesten trocken föhnen.«

Luzi lachte. »Den Popo trocken föhnen. Das ist ja cool. Das muss ich dann gleich mal testen.«

»Meinetwegen. Ich schlage vor, wir machen uns frisch und bummeln dann noch etwas auf der Promenade. Du zuerst, Luzi.«

Luzi blieb etwa eine Viertelstunde im Bad. Ich machte mir schon Sorgen und klopfte an die Tür.

»Ich komme«, jubilierte Luzi und öffnete die Tür.

»Das ist ja cool mit dem Ding da.«

»Warum? Hast du es mal ausprobiert?«, fragte ich Luzi.

»Na klar, Josie, der Strahl hat genau die richtige Höhe, sowohl vorne als auch hinten und wie schön das kribbelt.«

Ich schaute Luzi mit großen, fragenden Augen an.

»Luzi, es soll nicht kribbeln, es soll dich reinigen. Hast du mich vielleicht falsch verstanden?«

»Ach was.«

»Komm jetzt, ich will auch noch ins Bad!«

Allzu spät war es noch nicht, nachdem ich mich ebenfalls frisch gemacht hatte, sodass wir noch unseren geplanten Bummel auf der Promenade machen konnten. In einer gemütlichen Osteria und einem Gläschen Wein genossen wir später den Sonnenuntergang über dem Meer.

Wir wollten uns gerade auf den Weg ins Hotel machen, da setzte sich ein Mann an unseren Tisch. Er hatte einen großen Koffer bei sich und sprach gebrochen Deutsch.

»Ihr Deutsch?«, fragte er uns.

»Ja, sieht man uns das nicht an? Worum geht es?«, fragte ich ihn.

»Ich haben schöne Armband für schöne Frauen. Echtes italienisches Gold, 18 Karat. Ihr heute meine letzten Kunden, deshalb ich machen guten Preis. Normal das Armband, echtes Gold, 18 Karat, kosten 1500 Euro. Ich verkaufen euch für nur 750 Euro. Das ist halbe Preis. Heute euer Glückstag. Gib mir deinen Arm!«, forderte der Fremde Luzi auf. »Ich dir zeigen, wie aussieht am Arm.«

Luzi streckte dem Italiener ihren Arm hin.

»Oh«, sagte der Italiener freudestrahlend, »du sehen wie schön es aussieht bei dir?«

»Ja, es sieht wirklich sehr schön aus«, stimmte Luzi dem Italiener zu.

Sie interessierte sich ernsthaft für das Armband. Schön sah es ja aus. Aber überall wird vor diesen ominösen Straßenhändlern gewarnt, die am Ende nur überteuerte Ware oder gar nur billiges Messing verkaufen möchten. Wir sind keine Fachleute und können nicht einschätzen, ob das Armband aus echtem Gold gefertigt wurde. Ich musste Luzi unter allen Umständen von einem Kauf abraten.

»Findest du das auch schön, Josie?«, wollte Luzi mit strahlenden Augen von mir wissen. »Und so günstig. Damit würde ich Bill bestimmt beeindrucken. Er würde sicher denken, dass ich wieder im Casino die Bank gesprengt habe.«

»Lass das lieber, Luzi. Du hast doch gar nicht so viel Geld bei dir. Außerdem wäre es Bill egal, ob du ein goldenes Armband hast, oder nicht. Männer ticken da etwas anders, als Frauen. Schlaf bitte erst einmal eine Nacht darüber und entscheide dich dann.«

»Nix Problem, ich kommen morgen Abend wieder, an gleiche Ort, dann Luzi kaufen«, schlug der Italiener vor, der unser Gespräch belauscht hatte. »Schönes goldenes Armband für gleichen Preis, wie heute. Ich machen eine Ausnahme für schöne Frauen.«

»Ja, morgen kaufen wir, den ganzen Koffer«, machte ich dem Verkäufer Hoffnungen.

Der Mann strahlte bis über beide Ohren. Er glaubte uns anscheinend und tat mir fast schon leid. Dann verabschiedetet er sich mehrmals und machte sich aus dem Staub.

»Ciao, bis morgen. Ciao.«

Plötzlich hörte ich, wie am Nebentisch jemand klatschte. Ich schaute sofort hinüber und traute meinen Augen nicht. Es war unser Schutzengel aus Amerika. Er war mit einem weißem Hemd und roten Bermuda-Shorts bekleidet. Als sich unsere Blicke trafen, lächelte er und hob den Daumen. Ich wollte aufstehen und zu ihm hinübergehen. Doch er war schneller. Im Nu war er im Dunkel der Nacht verschwunden. Aber ich war glücklich, dass uns unser Schutzengel nicht vergessen hatte. Luzi erzählte ich jedoch nichts davon. Sie schaute traurig dem Verkäufer des Armbandes hinterher.

Ich klärte meine Luzi auf und überzeugte sie, lieber morgen vom Kauf abzusehen. Sie war zwar zunächst etwas traurig, hatte jedoch letzten Endes ein Einsehen und ich war beruhigt.

»Weißt du, Josie, was ich glaube?«, fragte mich Luzi.

»Was denn? Da bin ich aber neugierig.«

»Ich glaube, dieses Mal bist *du* mein Schutzengel.«

»Und wer ist dann *mein* Schutzengel?«, fragte ich.

»Dem werden wir sicher noch begegnen«, war sich Luzi ganz sicher. »Ich habe da so ein merkwürdiges Gefühl im Bauch.«

»Da bin ich ja mal gespannt, wer das sein soll. Dein Bauchgefühl wird wohl eher von dem Bidet kommen.«

»Ach was. Nein, im Ernst, vielleicht lernst *du* ja diesmal einen Verehrer kennen. Dann sind wir beide endlich wieder in festen Händen.«

»Du kommst auf Ideen, Luzi. In meinem Alter lerne ich bestimmt niemand mehr kennen. Die Zeiten sind vorbei. Und was unseren Schutzengel betrifft. Ich glaube der hält sich ganz in unserer Nähe auf.«

»Warten wir es ab.«

Jasmin auf dem Weg nach Freiburg

Am Donnerstag, den 13. Juli machten sich Jasmin und Marie gegen neun Uhr auf den Weg nach Freiburg. Sie waren bester Laune und ganz sicher, mich und Luzi am nächsten Abend in Nizza zu treffen, um am folgenden Tag wieder die Heimreise anzutreten.

»Weißt du Mom, was ich sehr, sehr Schade finde?«, fragte Marie und schaute ihre Mutter etwas traurig an.

»Das wäre?«

»Dass wir nur eine Nacht in Nizza verbringen werden. Können wir nicht ein paar Tage länger bleiben? Wir haben doch noch genügend Zeit«, schlug Marie vor und ihre Worte klangen etwas traurig.

»Da müssen wir erst Oma und Josie fragen. Wenn die es auch möchten, dann gern.«

»Die Beiden wären sicher dafür, und wenn nicht, können sie sich ja schon mal auf den Rückweg begeben und wir bleiben noch ein paar Tage. Wir holen sie eh wieder ein, bevor wir zu Hause sind.«

»Mal sehen, wie sie die Nachricht von Bill und der Hochzeit auffassen«, entgegnete Jasmin. »Dann sehen wir weiter. Oma wird sicher aus allen Wolken fallen. Damit hätte sie wohl nicht gerechnet. Vielleicht kommt ihr das mit der Hochzeit aber auch zu plötzlich und sie möchte Bill gar nicht heiraten. Dann wäre der ganze Aufwand, den wir gerade betreiben umsonst.«

»Das glaube ich nicht. Oma wird sich bestimmt sehr freuen.«

»Schauen wir mal. Es gibt eine ganze Menge Probleme, die noch geklärt werden müssen. Zum Beispiel, wo wollen Oma und Bill wohnen? Wird Oma nach San Francisco ziehen? Das glaube ich aber eher nicht, bei ihren miesen Englischkenntnissen. Außerdem ist sie hier viel zu sehr verwurzelt.«

»Nach Frisco ziehen wird sie sicher nicht«, vermutete auch Marie.

»Da bliebe nur noch übrig, dass Bill nach Deutschland, in die Heimat seiner Eltern zieht. Für ihn wäre dieser Umzug jedoch eine große Umstellung. Er hat sein ganzes Leben lang in San Francisco gewohnt. In diesem Alter noch einmal in einem anderen Land einen Neuanfang zu wagen ist nicht einfach.«

»Ich würde denken, dass Bill letzten Endes nach Deutschland ziehen wird«, meinte Marie. »Wetten? Ich glaube nicht, dass er in San Francisco viele Freunde hat, außer seiner Tochter, die zudem noch über 300 Kilometer entfernt in Carson City wohnt.«

»Das wäre das Wahrscheinlichste«, stimmte Jasmin Marie zu. »Aber warten wir es ab. Bald wissen wir Genaueres. Schau mal, da vorn kommt schon die Abfahrt nach Freiburg!«

»Es ist ja gerade mal drei Uhr nachmittags«, stellte Marie fest. »Da hätten wir auch gleich bis Nizza durchfahren können.«

»Hey Töchterlein, hetz' bitte deine Mutter nicht! In dieser Hitze Autofahren strengt ganz schön an. Wir wollen es schließlich nicht übertreiben. Wenn wir morgen in Nizza ankommen, ist es noch früh genug.

Ich sehe schon das Hotel *Stadt Freiburg*. Wir checken schnell ein und bringen unsere Sachen aufs Zimmer. Dann haben wir noch Zeit für einen Stadtbummel und anschließend machen wir es uns bei einem Mädelsabend und einem Glas Wein gemütlich. Einverstanden?«

»Oh ja, Mami, das wird cool«, freute sich Marie.

Bis in die Altstadt mussten sie ein ganzes Stück zu Fuß gehen. Nach einer kurzen Besichtigung des Freiburger Münsters bummelten sie durch die Gassen und fanden auch gleich ein gemütliches Restaurant mit Biergarten. Während des Essens interessierte sich Jasmin auch für Cem.

»Wie kommt ihr eigentlich klar, du und Cem? Er ist doch Moslem.«, wollte Jasmin von ihrer Tochter wissen.

»Ja, aber das ist kein Problem. Er ist ja hier in Deutschland geboren. Er lebt genauso, wie jeder andere Deutsche auch. Er hat sich integriert und möchte, dass die Anderen das anerkennen und ihn als Deutschen akzeptieren.

Seine Eltern sind streng gläubig. Daran wird sich auch nicht mehr ändern. Warum auch? Es ist ihr gutes Recht. Sie sind sehr gastfreundlich und behandeln mich immer, wie ihr eigenes Kind. Das ist sehr schön. Ich fühle mich immer sehr wohl, wenn ich bei Cem bin.«

Marie trank erst einmal einen Schluck Wein. Jasmin hörte Maries Ausführungen sehr interessiert zu.

»Cem hat es nicht immer einfach hier in Deutschland«, erzählte Marie weiter. »Aufgrund seines südländischen Aussehens wird er oft ungerechterweise mit Drogendealern auf eine Stufe gestellt. Das kränkt ihn sehr. Er möchte dagegen ankämpfen und sich von diesen dummen Vorurteilen lösen. Aber das ist sehr schwer, wenn man eben so aussieht, wie ein Türke.«

»Es gibt sicher auch Situationen, wo er provoziert wird«, ergänzte Jasmin.

»Ja, die gibt es zur Genüge, aber Cem lässt sich nicht hochleveln[8].«

Jasmin nahm Maries Hand. Zum ersten Mal begann sie Cem von einer anderen Seite zu betrachten. Sie trank einen Schluck Wein aus dem Glas.

»Wollen wir Cems Eltern mal zum Essen einladen?«, fragte Jasmin.

»Mom, was ist mit dir los?«, wunderte sich Marie. »Woher kommt dieser plötzliche Sinneswandel?«

Jasmin lächelte ihre Tochter an. »Was essen Moslems eigentlich?«

»Außer Schwein, glaube ich, alles. Aber Cem ist Vegetarier. Somit ist jede Art von Fleisch und Wurst für ihn tabu.«

»Auch das noch. Na, ja, wir finden schon was für ihn. Isst er eigentlich Fisch? Es gibt ja Vegetarier, die Fisch essen.«

»Ja, Fisch isst er, aber nur organic.«

---

[8] Sich provozieren lassen

»Das habe ich mir gedacht. Auf Fisch hätte ich auch mal wieder Appetit. Vielleicht Kabeljau oder Zander.«

»Mom, du bist die Beste. Ich würde mich sehr freuen, wenn wir ihn und seine Familie mal einladen würden. Es darf nur nicht gerade Ramadan sein, dann wird es schwierig.«

Josie und Luzi 1. Tag in Sanremo

Nach einem ausgiebigen und reichlichen Frühstück, es gab ein sehr süßes Teilchen und zwei
Tassen dünnen Kaffee, verbrachten wir den
ganzen Donnerstag, den 13. Juli, in Sanremo.
Die etwa 50.000 Einwohner zählende Stadt befindet sich an der norditalienischen Riviera, die
auch Blumenriviera genannt wird, und ist vor
allem für das seit 1951 jährlich ausgetrage-
ne Sanremo-Musikfestival bekannt.

Sanremo liegt auf einem hügeligen Land-
streifen der ligurischen Alpen und wird umgeben von zwei Ausläufern des Berges Monte
Bignone, die bis zur Küste verlaufen. Deshalb
gehen auch einige Stadtteile, wie San Romolo,
bis auf 800 Meter hinauf. Das ist nichts für fuß-
kranke Omis. Zwar hat man von dort oben einen fantastischen Blick auf das Meer, aber wir
hatten uns am ersten Tag erst einmal auf die
Altstadt konzentriert.

Die mittelalterlich anmutende Altstadt
scheint wie eine eigenständige Stadt zu sein.
Hier gibt es enge Gässchen, teilweise mit Bögen, und schmal und steil aufragende Häuser
mit grünen Fensterläden. In der Mitte, auf der

Piazza Cassini, findet man die Kirche Santo Stefano.

Am bekanntesten ist wohl die »Kashba«, ein orientalisch anmutendes, sehr verwinkeltes Gewirr von Durchgängen und Gassen, das wir natürlich zuerst besuchten. Dort gönnten wir uns ein zweites Frühstück, denn Luzi hatte schon wieder Hunger, was ich überhaupt nicht verstehen konnte.

Am Nachmittag besuchten wir einige Parks, wie Giardini Nobel und Giardini Regina Elena.

Nach dem Abendessen in einer Pizzeria fragte ich Luzi: »Ich habe eine ganz tolle Idee, Luzi. Hast du Lust, die Bank zu sprengen?«

»Bist du verrückt, Josie? Willst du unter die Bankräuber gehen?«

»Ich meine doch die Bank im Casino Muncipale di Sanremo. Weißt du noch, letztes Jahr in Las Vegas?«, fragte ich Luzi.

»Natürlich weiß ich das noch. Ich bin doch nicht gaga.«

»Da haben wir doch am Schluss ganz schön abgesahnt. Was meinst du, Luzi? Ob uns das hier in Sanremo auch gelingen könnte?«

»Das war Glück, Josie. Das hat man nur sehr, sehr selten. Ich glaube nicht, dass wir den Clou noch einmal wiederholen können.«

»Vielleicht sind wir ja ein paar Glückspilze«, entgegnete ich. »Wir könnten es wenigstens versuchen. Bitte, Luzi.«

»Ach lass mal. Solch ein Glück hat man sicher nur einmal im Leben. Außerdem habe ich unseren Schutzengel hier noch nicht gesehen.«

»Na gut, Luzi, vielleicht hast du recht«, gab ich schließlich klein bei. »Man soll sein Glück nicht erzwingen. Dann lass uns wenigstens noch ein paar Minuten hinunter an den Strand gehen und den Sonnenuntergang genießen. Morgen sind wir den letzten Tag hier. Da werden wir mal so richtig faulenzen.«

»Das tun wir doch schon die ganze Zeit«, bemerkte Luzi.

»Morgen werden wir einen Strandtag einlegen und die Leute beobachten. Das machst du doch so gerne.«

»Ach was. Ich beobachte doch keine Leute. Ich schau nur manchmal, ob ich vielleicht jemand aus Deutschland kenne.«

»Ja, ja, weil du ja auch halb Deutschland kennst.«

Josie und Luzi 2. Tag in Sanremo

Freitagvormittag, den 14. Juli, verbrachten wir am Strand von Sanremo. Im Hotel bekamen wir einen Insider-Tipp. Etwas entfernt vom Trubel gab es einen kleinen, etwa 150 Meter langen, Strand. Es ist der Strand Costa di Capo Verde. Er liegt etwas versteckt in einer Bucht zwischen Kap Nero und Kap Verde und ist ein Naturstrand mit Felsen und Kieseln. Deshalb sind dort Badeschuhe unerlässlich. Man vermisst zwar etwas den feinen Sand, dafür ist es in dieser Bucht nicht so überlaufen.

An diesem Strand ist es war zwar sehr idyllisch, aber nach drei Stunden wurde es uns dann doch zu langweilig und wir begaben uns dorthin, wo etwas mehr Trubel war. Im Gegensatz zu der einsamen Bucht am Vormittag war am Strand unweit unseres Hotels ein richtiges Gewusel. Zwischen den Handtüchern der vielen Badegäste war gerade mal so viel Platz, dass man noch hindurchlaufen konnte. Normalerweise liebe ich ja solche Menschenmassen nicht, aber wir hatten keine andere Wahl.

Wir trauten uns anfangs gar nicht, gemeinsam ins Wasser zu gehen. Überall waren Warnschilder, dass man seine Sachen nicht unbeobachtet lassen sollte. Schließlich einigten wir uns mit unseren Nachbarn, dass wir abwechselnd auf unsere Sachen aufpassen wollten.

Da der Sand sehr heiß war und es beim Barfußlaufen an den Fußsohlen richtig wehtat, zogen wir auch an diesem Strand unsere Badeschuhe an.

Kaum waren wir am Wasser, wurden wir von zwei älteren Italienern angemacht. Ich schätzte, dass sie etwa zehn Jahre jünger waren, als wir. An Luzis Badeanzug, der in den Farben Schwarz, Rot und Gelb gefertigt wurde, sahen sie sofort, dass wir Deutsche waren.

»Was machen zwei hübsche deutsche Signoras so alleine in Sanremo? Kommen Sie, wir plaudern ein wenig an der Bar und trinken ein Glas Wein zusammen.«

»Wir trinken keinen Alkohol«, antworte Luzi wie aus der Pistole geschossen, ohne die beiden Italiener anzuschauen. »Außerdem wollten wir gerade ins Wasser gehen.«

»Das glauben wir nicht, dass Sie keinen Wein trinken. Hier gibt es den besten Wein von ganz Ligurien. Den müssen Sie probieren. Dann heute Abend? Wir laden Sie ein, an der Strandbar, um acht Uhr. Werden Sie da sein?«

»Ja gern«, sagte ich, um unsere Ruhe zu haben. »Also dann bis heute Abend.«

Als wir uns von den Männern ein Stück entfernt hatten, meinte Luzi: »Bist du verrückt. Das sind doch bestimmt Ganoven. Die wollen nur mit uns ins Bett und am nächsten Tag kennen sie uns nicht mehr.«

»Ins Bett?«, fragte ich verwundert. »Mit uns alten und faltigen Omis? Das glaubst du doch selbst nicht.«

»Was sonst? Ich habe genügend solche Typen kennengelernt, in meinem Leben. Ich weiß, wovon ich rede.«

Luzis Worte fand ich so lustig, dass ich plötzlich laut lachen musste.

»Da warst du aber sicher ein paar Jährchen oder besser gesagt, Fältchen, jünger, meine Gute.«

Luzi winkte ab und schüttelte den Kopf.

»Denen sieht man doch schon von weitem an, was sie vorhaben«, meinte Luzi.

»Ich weiß es nicht. Ich würde es aber gern herausfinden. Wir werden da heute Abend hingehen und uns überraschen lassen. Ob du es willst, oder nicht.«

»Ach was. Oder hast du dich vielleicht in einen von ihnen verguckt?«

»In die doch nicht. Die sind überhaupt nicht mein Typ. Ich bin nur ein wenig neugierig, warum sie unbedingt mit uns reden und ein Glas Wein trinken wollen. Da stimmt doch etwas nicht.«

Bis acht Uhr hatten wir noch etwas Zeit. Diese nutzten wir, um endlich Luzis schmutzige Sachen zu waschen. Da es in unserem kleinen Hotel keine Waschmaschine gab, fuhren wir zu einem nahegelegenen Waschsalon.

Tatsächlich musste ich Luzi am Abend erst überzeugen, zu dieser Strandbar zu gehen. Sie freute sich darauf, in Granada Bill wiederzusehen und hatte kein Interesse an neuen Männer-Bekanntschaften. Das konnte ich verstehen. Mich, jedoch, machte es neugierig, was die Italiener von uns alten Omis wollten. Ich hatte wirklich keine Ahnung.

Kurz nach acht Uhr trudelten wir an der Strandbar ein. Die beiden Italiener erwarteten uns bereits.

»Ciao Bella. Sie sind ja pünktlich. Pünktlich, wie die Italiener. Zehn Minuten später ist bei uns aber immer noch viel zu früh.«

»Können Sie uns vielleicht erst einmal sagen, wer *Sie* sind?«, fragte ich. »Ich bin die Josie und das ist meine Freundin, die Luzi. Sagen wir doch einfach ‚Du'.«

»Ja, prima. Ich heiße Nino«, stellte sich der Mann mit den kurzen grauen Haaren vor.

Der Kleine mit der Glatze ergänzte: »Und ich bin Alfredo. Was wollt ihr trinken? Ein Wasser? Ihr trinkt ja keinen Alkohol.«

»Das war heute Nachmittag«, fiel ich Alfredo ins Wort. »Abends lassen wir die Sau raus. Da kennen wir keine Grenzen.«

Die Beiden schauten uns mit großen Augen an. Wahrscheinlich wussten sie nicht so recht, ob wir es ernst meinten oder, ob wir nur flunkerten.«

»Da braucht ihr gar nicht so komisch zu schauen«, ergänzte mich Luzi. »Wir haben hier schon einige eurer Landsleute unter den Tisch getrunken. Ihr wärt nicht die Ersten.«

»Einen Italiener trinkt man nicht so einfach unter den Tisch. Hey Toni«, rief Alfredo dem Mann an der Bar zu, »eine Flasche von dem Rotwein, bitte, wie gestern.«

Alfredos Bemerkung ließ mich stutzig werden und ich hatte auf einmal ein ungutes Gefühl und eine Vorahnung, was die Beiden mit uns vorhatten. Meiner Meinung nach konnte es sich nur um Geld handeln. Schließlich hatte ich schon eine Menge Fernsehsendungen gesehen, die von Abzocke im Urlaub berichteten.

»Dürften wir jetzt vielleicht erfahren, warum ihr euch hier ausgerechnet mit uns beiden Omis verabredet habt?«, fragte ich voller Nachdruck. »Wir sind nämlich ganz schön neugierig.«

Nino erklärte uns alles: »Natürlich, ich werde es euch sagen. Ihr werdet Augen machen. Wir haben in Neapel eine große Fabrik. Die läuft sehr gut. Wir stellen modische Bekleidung her, Kleider, Röcke, Bademoden usw. Aber nicht für junge Frauen, sondern für reifere und selbstbewusste Damen, so wie ihr es seid. Demnächst eröffnen wir in Deutschland ein großes Geschäft. Dafür suchen wir Models, die unsere Kollektionen präsentieren. Wir hätten da an euch gedacht. Ihr seht sehr sportlich aus, habt keine Verpflichtungen und auch die richtigen Maße. Was meint ihr? Hättet ihr Interesse?«

Luzi und ich schauten uns an und wir zuckten unschlüssig mit den Schultern.

»Ich weiß nicht. Zunächst einmal vielen Dank für euer Vertrauen«, sagte ich. »Euer Angebot klingt ganz gut. Interesse hätten wir schon, oder was meinst du, Luzi?«

Luzi wollte sich noch nicht festlegen, denn auch sie traute den Italienern nicht über den Weg. »Ich glaube darüber müssen wir erst einmal schlafen. Kommt ganz darauf an, in welcher Stadt das Geschäft sein wird und was wir pro Auftritt bekommen. Wir haben schließlich Erfahrungen damit. Stimmt's Josie?«

Ich verstand sofort, was Luzi damit bezweckte und nickte.

»Oh, das macht sich ja gut. Selbstverständlich könnt ihr erst einmal darüber nachdenken«, sagte Alfredo. »Wir werden euch gut bezahlen. Ihr bekommt jeder 300 Euro pro Abend. Der Laden befindet sich übrigens in Hannover.«

Hannover liegt nun gar nicht in unserer Nähe und war deshalb völlig unakzeptabel, doch ich setzte das Spiel fort.

»Hannover? Das klingt schon mal ganz gut. Das ist gar nicht so weit weg von uns. Zufällig wohnen wir ganz in der Nähe.«

»Na, prima, das passt ja«, freute sich Alfredo.

Luzi machte große Augen und flüsterte mir ins Ohr: »Das ist ja der Wahnsinn. Wenn ich das einmal in der Woche mache, bekomme ich ja fast mehr, als bei meiner kleinen Rente. Aber

Hannover ...«, meinte Luzi. »Das können wir vergessen.«

»Und was ist der Haken an der Sache?«, fragte ich Alfredo, weil ich ahnte, dass ich mit meinen Vermutungen wegen des Geldes vielleicht gar nicht so daneben lag.

»Es gibt keinen Haken«, wollte uns Alfredo sofort beruhigen.

»Es gibt nur *ein* kleines Problem«, ergänzte Nino. »Wir müssen den Laden in Hannover kaufen, nicht mieten.«

»Und wo ist da das Problem?«, wollte Luzi wissen. »Das wird doch für euch kein Thema sein.«

Luzi schaute mich sofort an und ich blinzelte mit meinem rechten Auge. Sie verstand mich sogar. Wir sagten den beiden Italienern nicht, dass Hannover viel zu weit von unserem Wohnort entfernt war und ließen sie weiter erzählen.

»Der Laden in Deutschland kostet 350.000 Euro. Wir können im Moment nur über 300.000 Euro verfügen, den Rest haben wir als Festgeld angelegt. Erst in drei Monaten kommen wir an das Geld ran. In einem Monat müssen wir uns aber schon entscheiden. Wenn wir nicht zuschlagen, ist der Laden weg und wir können in

Hannover vorerst kein Geschäft eröffnen. Das wäre sehr schade, weil der Laden ausgesprochen günstig liegt, mitten in der Innenstadt. Uns fehlen also noch 50.000 Euro. Wir müssen mal schauen, woher wir das restliche Geld beschaffen können. Aber das bekommen wir schon gebacken«, erklärte uns Nino das Problem und wirkte dabei sehr optimistisch.

Jetzt war mir endgültig alles klar. Ich hatte also doch recht, mit meiner Vermutung, dass es sich bei Nino und Alfredo um Betrüger handeln könnte. Unauffällig trat ich Luzi auf den Fuß und blinzelte wieder mit dem rechten Auge.

Luzi verstand erneut, was ich damit bezwecken wollte, schließlich hatten wir ja schon kriminalistische Erfahrungen.

»Was meinst du Josie? Das klingt doch gut. Wenn wir zusammenlegen, können wir bestimmt die 50.000 Euro auftreiben. Ich sehe da kein Problem, du sicher auch nicht.«

»Ich glaube, das bekommen wir hin«, pflichtete ich Luzi bei. »Wir könnten euch das Geld notfalls auslegen. Dazu müsste ich aber erst einmal meinen Kontostand abfragen. Den habe ich natürlich nicht im Kopf. Mein Handy ist im Hotelzimmer. Wenn ihr mich einen Moment entschuldigen könnt. Ich bin in zehn Minuten wieder zurück.«

»Kein Problem«, meinte Alfredo und lächelte siegessicher bis über beide Ohren.

Ich ging jedoch nicht auf unser Zimmer, sondern an die Rezeption und erklärte dem Concierge die Situation. Dann bat ich ihn, sofort die Polizei anzurufen. Anschließend begab ich mich wieder zu Luzi und den beiden Italienern an die Bar.

»Das können wir so machen. Ihr bekommt das Geld von uns«, sagte ich zu Nino und Alfredo. »Gleich morgen gehen wir zur Bank. Hoffentlich hat samstags in Sanremo überhaupt eine Bank geöffnet.«

»Ciao Bella. Das ist super von euch«, freute sich Nino. »Samstags haben hier fast alle Banken geöffnet. Das Geld werden wir in zwei bis drei Monaten nach der Eröffnung wieder eingespielt haben, dann bekommt ihr es sofort zurück.«

Kaum hatte Nino den Satz zu Ende gesprochen, kamen drei Polizeiautos mit Blaulicht. Nino und Alfredo bekamen einen großen Schreck, damit hatten sie wohl nicht gerechnet. Die Polizisten sprangen mit gezogener Waffe aus den Autos und verhafteten uns alle vier.

Auf der Wache erfuhren wir später, dass Nino und Alfredo tatsächlich gesuchte Betrüger waren und von Ort zu Ort reisten. In jeder Stadt agierten sie unter einem anderen Namen. Die Masche war immer die Gleiche. Sie suchten sich ältere Damen und versprachen ihnen einen Model-Job. Die Damen freuten sich, endlich wieder eine Aufgabe zu haben und taten alles für den lukrativen Job, sogar eine Menge Geld dafür zu bezahlen. Die Ganoven nutzten also die älteren, ahnungslosen Damen schamlos aus.

Nach einem kurzen Verhör durften wir zum Glück wieder gehen. Somit hatte sich das Problem von selbst erledigt und wir hatten wieder einmal Glück gehabt.

Als wir das Polizeirevier verließen, stupste mich Luzi von hinten an und sagte: »Unser Schutzengel. Schau mal, da drüben ist unser Schutzengel. Ich krieg die Krise. Es gibt ihn doch noch.«

Tatsächlich stieg auf der anderen Straßenseite gerade unser, in Polizeiuniform gekleideter, Schutzengel in einen Polizeiwagen. Er winkte zu uns herüber und als er drin saß öffnete er das Seitenfenster und rief: »Danke für eure Hilfe. Aber passt in Zukunft auf euch auf. Ich kann nicht überall sein.«

Dann startete er den Motor und fuhr davon.

»Habe ich nicht gesagt, Luzi, unser Schutzengel ist ganz in unserer Nähe. Er lässt uns nicht aus den Augen.«

»Ist das nicht schön? Er kümmert sich um uns alte Damen«, freute sich Luzi.

Das war auch schon wieder unser letzter Tag in Sanremo. Leider endete er auf solch abenteuerliche Weise. Aber wieder einmal hatten wir dabei geholfen, Verbrecher dingfest zu machen, um weiteres Unheil von anderen Menschen abzuwenden. Das war es uns wert.

Das Abendessen nahmen wir dieses Mal im Hotel ein. Dabei kamen wir mit einem netten Ehepaar aus Deutschland ins Gespräch, das ebenfalls am nächsten Tag ihre Weiterreise antreten wollte, nur in die andere Richtung, also in Richtung Deutschland. Sie gaben uns den Tipp mit dem Ort Gruissan in Frankreich, wo sie gerade herkamen. Das, was sie uns über den Ort sagten, hörte sich alles sehr gut an und wir waren sofort Feuer und Flamme.

Auf unserem Zimmer googelten wir umgehend den Ort Gruissan und schauten uns mehrere Fotos an. Anschließend buchten wir für drei Nächte eine Ferienwohnung.

Jasmin auf dem Weg nach Nizza

Am nächsten Morgen, am Freitag, den 14 Juli, frühstückten Jasmin und Marie bereits 7:30 Uhr. Die fast 750 Kilometer bis nach Nizza wollten sie bis 18 Uhr hinter sich gebracht haben.

»Ich habe mich gerade mit so einer Gurkendomina[9] angelegt«, berichtete Marie ihrer Mutter.

»Warum machst du sowas? Das finde ich nicht cool.«

»Weil ihr Assizwerg[10] mit seinen Händen am Buffet alles angefasst hat. Die Olle hat vielleicht mit mir gemeckert.«

»Und was hast du gesagt?«

»Flauschig[11] bleiben Gemüse-Taliban[12], sonst bomb[13] ich dich. Aber sie hat sicher nicht verstanden, was ich damit meinte.«

»Auweia. Ich möchte nicht, dass du so redest. Ich schäme mich für dich.«

---

[9] Vegetarierin
[10] Ungezogenes Kind ohne Benehmen
[11] Ruhig bleiben
[12] Radikaler Veganer
[13] Jemanden fertig machen

»Was hast du? So redet man heute. Du gehörst eben doch zu den 80igern[14]«, reagierte Marie an diesem Tag etwas genervt.

»Und du? Wozu gehörst du? Du kannst gern wieder zurückfahren, wenn du so weiter machst. Rede bitte mit mir so, wie es sich gehört und nicht in deiner doofen Jugendsprache. Komm jetzt! Wir müssen los. Wir haben noch eine weite Reise vor uns und wollen nicht zu spät ankommen, damit wir Oma und Josie noch von dem Schlafengehen von ihrem Glück erzählen können.«

»Sorry, Mom. Es tut mir leid. Aber ich kann so etwas überhaupt nicht leiden. Die Mütter müssen einfach auf ihre Wänster aufpassen. Die können hier nicht einfach so das Essen antatschen. Das ist unhygienisch. Wer weiß, was die zuvor angefasst haben.«

»Ist ja gut, Marie. Reg dich wieder ab!«

Die Fahrt nach Nizza führte Jasmin und Marie unter anderem in der Schweiz, am Lugano und in Italien am Comer See vorbei. Die Autobahnen A2 und A7 waren stark befahren, aber zum Glück kam es zu keinem Stau.

---

[14] Leben in Vergangenheit, können mit Internet nichts anfangen

Als sie die französische Grenze überschritten hatten, stimmte Marie ein Lied von Namika an, sie hatte schon wieder gute Laune:

Ich hab' mich irgendwie verlaufen
Hab' kein'n Plan, wohin ich geh'
Steh' mit meinem kleinen Koffer
Hier auf der Champs-Élysées
Auf einmal sprichst du mich an
»Salut, qu'est-ce que vous cherzez?«
Ich sag', »Pardon, es tut mir leid
Ich kann dich leider nicht versteh'n!«

Doch du redest immer weiter
Ich find's irgendwie charmant
Und male zwei Tassen Kaffee
Mit ,nem Stift auf deine Hand

Nachdem Jasmin und Marie gegen 18 Uhr im Hotel ankamen und nach mir und Luzi fragten, erfuhren sie, dass wir das Hotel storniert hatten. Sie konnten es kaum glauben und waren erst einmal vor den Kopf gestoßen.

»Vorgestern war auf der Autobahn absolut kein Durchkommen mehr«, erzählte der Mann an der Rezeption, der gut Deutsch konnte »Wir haben eine Menge Stornierungen bekommen.

Die meisten der Gäste sind wohl alternativ nach Sanremo gefahren.«

»Sanremo?«, staunte Jasmin.

»Ja, das liegt von uns aus gleich hinter der Grenze, also in Italien. Aber Sanremo hat viele Hotels. Dort jemanden zu suchen, ist wie die Suche nach einer Stecknadel im Heuhaufen. Da werden Sie wohl kein Glück haben.«

»Vielen Dank. Das ist ja sehr dumm gelaufen. Da können wir aber nichts machen. Komm, Marie, auf den Schreck trinken wir erst einmal einen Kaffee.«

In der Hotelbar waren sie die einzigen Gäste.

»Was machen wir nun, Marie? Nizza war unsere letzte Hoffnung. Nach Sanremo zu fahren halte ich für wenig sinnvoll. Zumal Oma und Josie ja morgen früh schon wieder weiterreisen. Die Zeit ist viel zu knapp, um sie dort zu finden. Wir haben nur zwei Möglichkeiten. Entweder stellen wir uns morgen neben die Autobahn und fangen sie ab.«

»Oder?«, schaute Marie ihre Mutter mit großen Augen an und lächelte dabei.

»Oder wir machen uns ein paar schöne Tage am Mittelmeer und treffen sie erst in Granada.«

»Cool, da wäre mir die zweite Variante aber viel lieber.«

»Okay, Töchterlein, dann lassen wir es eben krachen.«

»Mom, eine Frage habe ich noch. Wenn wir in Granada Josie und Omi in den Flieger verfrachten, wer fährt dann ihren Mietwagen zurück? Ich habe keine Fahrerlaubnis.«

»Gute Frage, Marie. Daran habe ich noch gar nicht gedacht. Aber für dieses Problem finden wir auch noch eine Lösung.«

Am Abend bummelten Jasmin und Marie auf der Strandpromenade. Beim Abendessen in einer Pizzeria, machte ein junger Mann Marie ständig schöne Augen.

»Hey, Marie, was ist mit dir los. Du bist ja ganz nervös?«, machte sich Jasmin Sorgen.

»Der Typ da drüben will mich anhornen[15]. Der schaut die ganze Zeit zu mir rüber und grinst.«

»Was will er? Kannst du bitte ordentlich mit mir reden!«

»Er will mich anmachen. Das ist belastend. Der soll in Ruhe seinen Gerstenwein[16] trinken und mich in Ruhe lassen.«

»Dann sag es ihm doch!«, wurde Jasmin energisch.

---

[15] anmachen
[16] Bier

»Der versteht mich sowieso nicht. Und ich ihn auch nicht.«

»Dann rede Englisch mit ihm. Das kannst du doch noch?«

Marie überlegte einen Augenblick, dann fasste sie sich ein Herz, ging zu den beiden Typen und setzte sich an deren Tisch.

Jasmin hoffte, dass das Problem bald geklärt sei, doch Marie kam und kam nicht wieder. Sie sah, wie ihre Tochter intensiv mit den jungen Männern diskutierte. Erst nach einer halben Stunde kam sie zurück.

»Du warst aber lange. Über was habt ihr die ganze Zeit gesprochen? Ihr habt euch also doch verstanden?«

»Die Typen machen hier Urlaub. Sie heißen Harry und Lucas und kommen aus Australien.«

»Australien! Das ist ja ein Zufall. Sie sehen ganz sympathisch aus, oder?«

»Ja, sind sie auch«, gab ihr Marie recht. »Besonders den Harry finde ich cool.«

»Dann hattet ihr ja genügend Gesprächsstoff. Ich habe mich schon gewundert, dass du so lange mit denen quatschst.«

»Und, was der Hammer ist, die wohnen nur 30 Meilen von unserem ehemaligen Wohnort entfernt. Sie sagten, dass sie einen Bore-out[17] haben, also Langeweile. Sie fragten mich, ob ich ein wenig mit ihnen am Strand entlang bummeln würde. Darf ich?«

»Warum nicht? Aber denk' dran, dass zuhause Cem sehnsüchtig auf dich wartet.«

»Die sind in Ordnung. Die wollen hier nicht rumhühnern[18].«

»Was wollen die nicht?«, fragte Jasmin.

»Mom, das weißt du doch. Das, was du in dem Alter auch gern mit Jungs gemacht hast.«

»Skat spielen?«, Jasmin lächelte.

»Genau das.«

»Bleib nicht zu lange. Ich zahle inzwischen und gehe dann hoch aufs Zimmer.«

»Okay, Mom. Bis dann.«

Marie bummelte mit den beiden Australiern an der Strandpromenade entlang. Harry spendierte allen ein Eis und sie plauderten über Australien.

»Wieso seid ihr von Australien ausgerechnet nach Frankreich gekommen, um Urlaub zu machen?«, fragte Marie neugierig.

»Gute Frage, Marie. Meine Großeltern kommen aus Frankreich«, erzählte Harry. »Sie leben

---

[17] Dauerhaft gelangweilt
[18] Geschlechtsverkehr haben

94

in der Nähe von Paris. Alle zwei bis drei Jahre besuche ich sie. In diesem Jahr ist Lucas mitgekommen, weil wir die Idee mit der Mittelmeer-Rundreise hatten. Wir haben noch zwei Wochen drangehängt. Wir sind schon viel in der Welt herumgekommen, waren schon in Amerika, Asien und Afrika, aber wir waren noch nie am Mittelmeer. Bisher bin ich immer nur in der Nähe von Paris geblieben. Einmal war ich am Atlantik.«

»Und wie gefällt es euch hier?«

»Großartig«, mischte sich nun auch Lucas in das Gespräch ein. »Hier ist eine Menge los. Aber die Strände sind sehr voll und man findet ganz wenig einsame Buchten.«

»Einsame Strände sind hier meist ein Geheimtipp. Man erfährt die Tipps von den Einheimischen, wenn sie sie denn verraten.«

»Ich finde die Städte hier am Meer sehr interessant, besonders die Altstädte«, meinte Lucas. »Wir haben auf unserer Reise noch eine Menge Ziele. Besonders freuen wir uns auf Cádiz in Spanien. Es soll ja die älteste Stadt in Europa sein. Diese Stadt müssen wir uns unbedingt anschauen.«

»Von Cádiz habe ich auch schon gehört. Einen Besuch der Stadt müssen wir jedoch auf später verschieben«, antwortete ihm Marie.

Nachdem sie das Eis gegessen hatte, sagte Marie: »Tut mir leid, ich muss jetzt gehen. Meine Mom macht sich sonst Sorgen. Vielleicht sehen wir uns morgen noch mal.«

Nach diesen Worten rannte sie weg, ohne sich zu verabschieden.

Harry und Lucas konnten Marie nur ungläubig hinterherschauen.

Josie und Luzi nach Gruissan

Am Samstag, den 15. Juli, ging es über die Grenze nach Frankreich. Unser Ziel war Gruissan. Ich war schon längere Zeit nicht mehr in Frankreich gewesen, das letzte Mal, als mein Mann noch lebte. Auf der Autobahn gab es keine Probleme. Dort war alles, wie in Deutschland, außer den ständigen Mautstellen mit den riesigen Trichtern für das Geld. Doch sobald wir auf die Landstraßen kamen, war einiges anders. Das ging schon damit los, dass Fahrer, die sich im Kreisverkehr befinden, Nachrang haben. Wer also in den Kreisverkehr einfährt, hat Vorfahrt. Es sei denn, diese Regel wird durch ein Verkehrsschild vor dem Kreisverkehr außer Kraft gesetzt. Diese Regelung wollte ich ja mit Luzi an Ort und Stelle genauer besprechen.

Besonders aufgefallen ist uns, dass es an den Ampeln keine Gelb-Phase gibt. Auf Grün folgt direkt Rot und dann wieder Grün. Außerdem haben Straßenbahnen immer Vorfahrt, Busspuren dürfen unter keinen Umständen von Autos befahren werden und bei Bergstraßen hat immer das bergauf fahrende Fahrzeug Vorfahrt.

Diese Regeln wollte ich nur nebenbei erwähnen.

Für die 480 Kilometer bis an unser nächstes Ziel, der Ferienwohnung in Gruissan, benötigten wir fast sieben Stunden. Das klingt erst einmal viel. Wir machten jedoch einige Pausen und genossen das schöne Wetter.

Am späten Nachmittag erreichten wir endlich unser Ziel. Den Schlüssel für unsere Ferienwohnung fanden wir in einem kleinen Kasten neben der Tür, der mittels eines Codes zu öffnen war. Diesen Code hatte uns der Vermieter, der leider kein Deutsch sprach, in einer Email mitgeteilt.

Falls es Sie interessiert, man findet die Ferienwohnung unter dem Namen *Arcadia Appartement - Vue sur Mer*. Von unserem Balkon aus hatten wir einen atemberaubenden Blick auf den endlosen Sandstrand. Den ganzen Tag stand uns ein Pool zur Verfügung. Ganz in der Nähe befand sich ein Restaurant, wo wir morgens frühstücken konnten. Beim Abendessen konnten wir zwischen mehreren guten Restaurants wählen.

»Na, Luzi, was sagst du? Ist es nicht schön hier?«, fragte ich Luzi, als wir gemeinsam auf dem Balkon standen. »Schau dir doch nur mal diese schöne Aussicht an. Ich bin froh, dass wir in Sanremo den Rat des Ehepaares befolgt haben.«

Luzi nickte.

»Herrlich, nach Gruissan könnte man direkt auswandern, wenn man der französischen Sprache mächtig wäre.«

»Du kannst ja mal Bill fragen, was er davon hält«, schlug ich Luzi vor.

»Ich werde ihn gleich mal anrufen und ihm etwas vorschwärmen. Ach so, das geht ja gar nicht. Aber auf der Rückfahrt müssen wir unbedingt noch mal hierherkommen. Wie es Bill wohl gehen wird? Ob er an uns denkt?«, fragte Luzi etwas traurig.

»Der wird sicher schon aufgeregt sein und sich auf die lange Reise vorbereiten. Bereits morgen in einer Woche werden wir ihn in Granada sehen. Freust du dich?«

Luzi lächelte und nickte.

»Ob er mich mag?«

»Natürlich mag er dich, sonst würde er dich nicht hier besuchen.«

»Ich habe die ganze Zeit schon so ein komisches Gefühl. Wenn ich nur wüsste, was das zu bedeuten hat. Hoffentlich ist das kein schlechtes Zeichen. Schade, dass ich ihn nicht anrufen kann.«

»Du siehst ihn ja bald wieder. Dann wird alles gut, Luzi. Ich vermute ja, dass er dir mitten in der Alhambra einen Heiratsantrag machen möchte.«

»Ach was. In der Alhambra, wo es alle sehen können.«

»Warum nicht. Vielleicht stehst du dann am nächsten Tag schon wieder in der Zeitung.»

»Ich möchte aber nicht schon wieder in der Zeitung stehen. Da hat man ja überhaupt keine Ruhe mehr, wenn einem jeder gleich erkennt.«

»Diesen Tag in der Alhambra würdest du aber nie in deinem Leben vergessen.«

»Das stimmt, Josie, die schönsten Erlebnisse im Leben vergisst man nie.«

Jasmin und Marie 1. Tag in Nizza

Am Samstag, den 15. Juli, verlängerten Jasmin und Marie an der Rezeption ihren Aufenthalt um zwei Tage. Andernfalls hätten sie an diesem Tag schon wieder abreisen müssen. Stattdessen frühstückten sie erst einmal gemütlich und freuten sich auf einen wundervollen Tag in Nizza.

»Endlich mal keinen Stress«, freute sich Jasmin während sie und Marie gemütlich frühstückten. »Ich bin froh, dass wir hier noch zwei Tage länger bleiben. Dann können wir Nizza und den schönen Strand so richtig genießen.«

Auch Marie startete ausgeglichen in den neuen Tag. »Keinen Stress, keine Hektik. Gar nicht so übel, dass wir Oma und Josie verpasst haben.«

»Sie werden sich sicher schon auf den Weg gemacht haben«, vermutete Jasmin. »Von nun an wissen wir nicht mehr, welchen Ort sie anfahren werden. Bei den vielen Hotels am Mittelmeer kann es nur Zufall sein, wenn wir ihnen doch noch begegnen sollten.«

»Mach dir keine Sorgen, Mom. Spätestens morgen in einer Woche werden wir sie in Granada treffen.

Wir machen uns jetzt ein paar schöne Tage am Meer. Aus der Nummer kommen wir nun nicht mehr raus. Zurückfahren wäre uncool, jetzt wo wir nun schon mal am Meer sind.«

»Komm, Marie, lass uns heute Morgen in die Stadt fahren und durch die Altstadt bummeln«, schlug Jasmin vor. »Vielleicht können wir irgendwo ein Eis essen. Außerdem waren wir lange nicht mehr gemeinsam shoppen.«

»Oh, prima, Mom. Cool.«

Bei einem Stadtbummel und herrlichem Sommerwetter genossen Jasmin und Marie den ersten Tag in Nizza. Als sie ihr Weg an einem Zeitungskiosk vorbeiführte, sah Marie auf dem Titelblatt einer Zeitung ein Foto von mir und Luzi. Sofort zeigte sie mit ihrem rechten Zeigefinger auf jenes Foto.

»Schau mal, Mom, da ist doch Oma und Josie in einer italienischen Zeitung.«

»Das gibt es doch nicht. Da ist ja auch Polizei mit auf dem Foto«, stellte Jasmin fest. »Hoffentlich hat man sie nicht verhaftet.«

»Die muss ich unbedingt kaufen. Mal sehen, was die schon wieder angestellt haben.«

»Das macht keinen Sinn, wir können kein italienisch«, wiegelte Jasmin ab.

»Vielleicht kann uns jemand den Artikel übersetzen.«

»Wir sind hier in Frankreich. Da wird es schwer sein, jemanden zu finden.«

»Da fällt mir gerade ein, ich habe doch eine App auf meinem Handy«, meinte Marie. »Damit können wir den Text ganz einfach ins Deutsche oder Englische übersetzen.«

»Okay, mein Töchterchen, dann kaufe mal eine Zeitung! Da vorn ist eine Eisbar. Ich geh schon mal und besetze zwei Plätze für uns.«

Jasmin setzte sich an den letzten freien Tisch. Die Eisbar war gut besucht, das machte ihnen Hoffnungen auf eine gute Qualität des Eises.

Als Marie mit der Zeitung an den Tisch kam, startete sie umgehend die App und begann den Text zu übersetzen. So hundertprozentig funktionieren diese Programme ja nicht, aber sinngemäß konnte sie den Text deuten.

»Pass auf, Mom! Oma und Josie haben gestern in Sanremo zwei langgesuchte Betrüger der Polizei überführt. Sie haben sich anfangs zum Schein auf einen Deal eingelassen. Josie hat die Gangster durchschaut und den Concierge des Hotels gebeten, die Polizei zu verständigen.

Ist das nicht betrinkenswert[19]? Darauf müssen wir heute Abend anstoßen. Das werde ich gleich Cem whatsappen. Der lacht sich kaputt.«

»Jetzt geht das schon wieder los, mit den Beiden. Die können es einfach nicht lassen. Wer weiß, was die noch alles anstellen werden.«

»Lass sie doch Mom. Die wollen auch nur ihren Spaß haben. Zuhause ist es für sie doch langweilig, da erleben sie doch nicht viel, außer ihrer täglichen Runde im Park. Komm, lass uns noch ein Stündchen an den Strand gehen und heute Abend suchen wir uns ein gutes Restaurant und essen etwas typisch Französisches.«

»Okay, Töchterchen, ich habe auch schon eine Vorschlag, was wir heute Abend essen werden.«

»Ja, erzähle!«

»Froschschenkel.«

»Igitt, du machst doch Witze. Ich esse doch keine Froschschenkel. Weißt du eigentlich, dass man den Fröschen die Beine bei lebendigem Leib ausreißt? Das ist doch Tierquälerei.«

»Ich weiß, Marie. Das war auch nur Spaß. Froschschenkel essen müsste man verbieten, genau, wie Stierkämpfe.«

---

[19] Anlass, sich zu betrinken

Nach einem kurzen Aufenthalt am Strand begaben sich Jasmin und Marie wieder auf ihr Hotelzimmer, duschten und machten sich anschließend auf die Suche nach einem Restaurant. Doch als sie die Preise in den Restaurants studierten, entschieden sie sich, lieber in eine Pizzeria zu gehen.

Nachdem sie ihre Pizza gegessen und die Pizzeria wieder verlassen hatten, stand auf einmal Harry vor Marie. Ihr fiel sofort auf, dass Lucas fehlte.

»Wo hast du Lucas gelassen?«, wollte sie wissen.

»Ach Lucas, der hat gestern jemand kennengelernt. Die sind irgendwo da hinten in einer Eisbar. Hast du Lust poolen[20] zu gehen, ins Meer?«

Marie schaute Jasmin fragend an. Jasmin nickte nur.

»Hau schon ab! Aber denk' dran, was ich dir gesagt habe.«

Marie lächelte genervt und verschwand mit Harry in der Abenddämmerung. Doch die ganz große Lust zum Schwimmen gehen hatte sie scheinbar nicht. »Wollen wir wirklich baden gehen?«

---

[20] Schwimmen, baden

»Na klar. Ist das nicht herrlich hier?«

»Aber ich habe kein Badezeug mit.«

»Ich habe auch keine Badehose. Badezeug brauchen wir auch nicht. Es ist doch schon dunkel. Schau, da vorn ist eine Bank, da können wir unsere Sachen drauflegen.«

Im Nu war Harry ausgezogen und eilte in die Fluten. Marie blieb nichts anderes übrig, als sich auch auszuziehen und Harry nackt ins Meer zu folgen. Etwa zehn Minuten blieben sie im Wasser.

Außerhalb des Meeres war es schon ein wenig kühl, zudem kam ein leichter Wind auf. Handtücher hatten sie nicht. Sie mussten sich also an der Luft trocknen lassen.

Da standen sie, die beiden Nackedeis und musterten sich gegenseitig. Marie schämte sich etwas.

»Du bist ja ein richtiger Reinhäuter[21]«, stellte Marie schmunzelnd fest, als sie kein einziges Tattoo auf Harrys Körper entdecken konnte.

»Hast du damit ein Problem?«, fragte Harry erstaunt.

Marie schüttelte den Kopf und benutzte eine Antwort, die sie wohl von ihrer Oma abgeschaut hatte.

---

[21] Person ohne Tattoos

»Ach was. Das war nur so eine Feststellung.«

»Gefällt es *dir* eigentlich hier in Europa? Oder hast du Heimweh?«, begann Harry ein anderes Thema anzufangen.

»Das kann ich dir gar nicht sagen. Ich weiß es einfach nicht. Ich vermisse Australien schon ein wenig, die Leute, die Landschaft, einfach alles. Aber, was soll ich tun?«

»Mit uns mitkommen?«, schlug Harry vor. »Zurück nach Down Under?«

»Und dann?«

»Dann sehen wir weiter. Wir hätten da einen guten Job für dich. Überlege es dir.«

»Harry, das geht nicht so einfach, ich habe einen Freund in Deutschland. Außerdem möchte ich in Deutschland Journalistik studieren.«

Mit dieser Antwort hatte Harry wohl nicht gerechnet. Sie traf ihn, wie ein Blitz aus heiterem Himmel. Sein Blick offenbarte seine Enttäuschung.

»Hmmm. Wie lange hast du deinen Freund schon?«, fragte er und schaute dabei nach unten, wie ein begossener Pudel.

»Ein paar Monate. Gleich nach unserer Rückkehr habe ich ihn kennengelernt.«

Harry lachte etwas erleichtert.

»Ein paar Monate? Das ist noch nicht lange. Das kann man verschmerzen. In Australien wirst du schnell wieder einen neuen Freund kennenlernen, so, wie *du* aussiehst.«

In der Zwischenzeit hatten sich Marie und Harry wieder angezogen und bummelten am Strand entlang. Nach ein paar Metern setzten sie sich auf eine Bank. Zuvor entfernten sie mit ihren Händen grob den Sand, den der Wind darauf geweht hatte.

»Du kannst es dir ja noch überlegen. Wir haben eine gutgehende Firma und suchen dringend neue und motivierte Mitarbeiter. Hier ist meine Visitenkarte. Schlaf erst mal darüber und wir reden morgen noch einmal.«

»Okay. Morgen sind wir den letzten Tag hier in Nizza. Übermorgen fahren wir weiter in Richtung Süden, bis nach Spanien. Etwa in einer Woche sind wir in Granada. Dort besuchen wir die Alhambra. Aber eigentlich sind wir nicht wegen der Alhambra auf Reisen. Wir fahren unserer Oma hinterher. Sie muss dringend wieder nach Deutschland zurückkommen.«

»Warum tut ihr das? Warum fahrt ihr deiner Oma hinterher?«

Marie erzählte die ganze Geschichte. Harry legte seinen Arm um Marie. Sie ließ ihn gewähren. Er versuchte, Marie zu küssen, doch sie wehrte ab.

»Ich muss jetzt gehen. Mom wird schon auf mich warten. Ich möchte nicht, dass sie sich Sorgen macht.«

»Oh, schade. Da sehen wir uns morgen Abend noch einmal? Aber du hast ja meine Telefonnummer, falls etwas dazwischen kommt.«

»Bye, bis Morgen, Harry.«

Josie und Luzi in Gruissan

Am Sonntag, den 16. Juli, erkundeten wir vormittags den kleinen Ort Gruissan. Er liegt in der Nähe von Narbonne, der ersten römischen Kolonie außerhalb Italiens. Die gotische Kathedrale Saint-Just gehört mit einer Höhe von 41 Metern zu den höchsten Kathedralen Frankreichs. Im historischen Stadtkern, dem Gruissan-Village, winden sich die Häuser um die alte Burganlage, von der noch die Ruine erhalten ist.

Besonders sehenswert sind die Pfahlbauten, die heute überwiegend als Ferienhäuser fungieren. Die Stelzenbauten sind für diese Küstenregion einmalig und liegen meist in Strandnähe. Für den Film »Betty Blue – 37,2 Grad am Morgen« dienten sie als Kulisse. Der Schauspieler Pierre Richard unterhält hier sogar sein Weingut, das den Besuchern ganzjährig offen steht.

Es gibt in Gruissan auch einen kostenfrei zu betretenen Vergnügungspark, den *Pirat`Park*, mit fast 30 Fahrgeschäften, wie Achterbahn oder Wildwasserbahn.

Luzi hatte es in diesem Park sehr gefallen. Bei ihr kamen gleich Erinnerungen an die UNIVERSAL-Studios in Los Angeles auf. Sie hatte, so kam es mir jedenfalls vor, kein einziges Fahrgeschäft ausgelassen.

In der Zwischenzeit saß ich in einem gemütlichen Café und beobachtete die Besucher. Das tue ich sehr gern. Was man da manchmal alles zu sehen bekommt.

Ein Highlight an diesem Vormittag war auch die kleine Kirche Mariä Himmelfahrt am Fuße des Burgberges. Zwar wirkt sie innen etwas kitschig, sie ist jedoch einen Besuch wert.

Am Nachmittag genossen wir das Strandleben in Gruissan. Luzi kaufte sich eine Luftmatratze und wollte ein wenig im flachen Meer paddeln. Es war gerade Flaute, würde man an der Ostsee sagen, aber am Mittelmeer sind die Gezeiten ja nicht so ausgeprägt, wie dort. Ich blieb auf unserer Decke sitzen und beobachtete Luzi von der Ferne.

Luzi paddelte zunächst nur in Strandnähe. Weil aber kaum Seegang war, traute sie sich etwas weiter hinaus. Ich hatte alles im Blick und vertraute Luzi, dass sie wusste, was sie machte. Schließlich war sie einst Leistungssportlerin.

Von einer Minute auf die andere kam Wind auf. Ich lief zum Strand und wollte Luzi herauswinken. Doch Luzi begriff nicht, was ich wollte. Sie winkte zurück und plantschte, wie ein kleines Kind, im Wasser herum. Es schien so, als würde sie die ständig höher werdenden Wellen genießen.

Wenig später bekam es Luzi scheinbar doch mit der Angst zu tun. Sicher begriff sie, dass sie nun ohne fremde Hilfe nicht mehr zum Strand zurückkommen würde. Trotz des tosenden Meeres hörte ich, wie sie um Hilfe schrie.

Umgehend suchte ich einen Bademeister auf, der sich sofort mit einem Rettungsboot auf das Meer begab. Kurz bevor er Luzi erreichte, fiel sie auch noch ins Wasser und konnte sich nur noch an der Luftmatratze festhalten, um nicht in den Fluten zu versinken.

Gerade noch rechtzeitig konnte der Retter Luzi erreichen. Er brachte sie wohlbehalten zurück an den Strand, wo sich Luzi mehrfach bedankte. Sogar die Luftmatratze war noch ganz.

Der Retter fragte mich, ob ich die Freundin von Luzi wäre, was ich jedoch vehement abstritt.

»Tut mir leid, ich kenne diese alte Frau nicht. Ich habe sie noch nie gesehen.«

»Aber Josie, du bist doch meine beste Freundin«, jammerte Luzi.

»Du bist einfach nur peinlich. Ich wünschte mir, dich nie kennengelernt zu haben«, schimpfte ich mit ihr.

»Ach Josie. Sage bitte so etwas nicht. Du bist doch alles, was ich habe.«

»Komm jetzt, du Butterbirne. Heute Abend hast du Stubenarrest.«

»Ach was. Brotgehirn, Butterbirne, das wird ja immer lustiger.«

Als wir wieder auf unserer Decke saßen, sah ich, wie unser Schutzengel, nur in einer Badehose bekleidet, zum Bademeister ging und ihm die Hand schüttelte.

»Das darf doch nicht wahr sein, Luzi«, fiel ich fast aus allen Wolken.

»Was ist den passiert, Josie?«

»Dort ist wieder unser Schutzengel. Hast du vielleicht ihm dein Leben zu verdanken?«

»Ach was. Der Bademeister hat mich doch gerettet und nicht unser Schutzengel.«

Als wir in das Foyer des Hotels kamen und unseren Schlüssel an der Rezeption holen wollten, überreichte uns der Concierge einen Brief.

»Hier, dieser Brief wurde von einem jungen Mann für Sie abgegeben. Er bat mich darum, Ihnen den Brief persönlich zu überreichen.«

Ich öffnete sofort den Brief, drinnen stand:

Hallo Josie und Luzi,
ich werde euch immer im Auge behalten
und euch beschützen.
Trotzdem solltet ihr in Zukunft etwas
vorsichtiger sein.
G.A.

»Was hat das zu bedeuten?«, fragte Luzi verwundert.

»Na, was schon, Luzi? Der Schutzengel war hier. Freu' dich, sonst wärst du vielleicht jämmerlich ertrunken.«

»Ach was. Da will uns bestimmt jemand hereinlegen.«

»Entschuldigen Sie«, wollte ich vom Concierge wissen, »wie sah der Adressat des Briefes aus?«

»Oh, so genau kann ich mich gar nicht mehr an ihn erinnern. Aber auf jeden Fall hatte er eine dunkle Hautfarbe und sprach nicht unsere Sprache. Ja, er sprach Englisch.«

»Vielen Dank.«

»Josie, das war tatsächlich unser Schutzengel.«

»Irgendwie mag er uns«, freute ich mich er-
hobenen Hauptes.

Somit fand dieser Tag doch noch ein erfreu-
liches Ende und Luzis Malheur war schnell
wieder vergessen.

Jasmin und Marie 2. Tag in Nizza

Den Sonntag, ihr letzter Tag in Nizza, wollten Jasmin und Marie gemütlich am Strand verbringen. Am Vormittag war noch nicht so viel los. Erst gegen Mittag, als die Temperatur die 30-Grad-Marke knackte, wurden es von Minute zu Minute mehr Badegäste.

»Mami, da vorn ist eine Bar. Ich schau mal, ob es dort etwas Kaltes zu trinken gibt. Möchtest du auch etwas?«, fragte Marie.

»Ja gern, aber etwas Alkoholfreies, bitte. Ein Wasser vielleicht.«

»Okay, ich bin dann mal weg.«

Als Marie, nur mit ihrem roten Bikini bekleidet, am Strand entlang ging, stand plötzlich Harry vor ihr.

»Harry, was machst du denn schon wieder alleine hier?«, fragte sie erstaunt. »Wo ist Lucas?«

»Der hat mich erneut im Stich gelassen. Ich hatte große Sehnsucht nach dir. Deshalb hatte ich beschlossen, dich zu suchen. Das war schön gestern Abend. Hast du dich schon entschieden?«

»Ich habe darüber nachgedacht, Harry. So schnell kann ich mich nicht entscheiden. Lass mir bitte etwas mehr Zeit. Ich muss das erst mit meiner Mom besprechen. Sie wird sicher nicht wollen, dass ich wieder zurück nach Australien ziehe.«

»Und du? Möchtest *du* es denn?«

»Ich weiß es noch nicht. Wir sind erst vor ein paar Monaten nach Deutschland gekommen. Ich habe mich gut eingelebt und ein paar Freunde gefunden und jetzt soll ich schon wieder alles aufgeben. Das will gründlich überlegt sein. Verstehst du mich?«

Harry schaute Marie etwas enttäuscht an.

»Ich verstehe dich. Überlege es dir genau. Du wirst es aber nicht bereuen, das schwöre ich dir. Denke immer daran, es ist *dein* Leben. Nur *du* kannst es gestalten. Heute Abend ist hier übrigens Disco.«

»Das habe ich auch gerade gelesen, die Draufgänger sollen spielen. Das ist eine Band aus Österreich, die wirst du nicht kennen. Bist du auch da?«

»Na, klar, Lucas sicher auch. Und du?«

»Wenn ich meine Mom überzeugen kann, werde ich auch dort sein. Alleine gehe ich da nicht hin.«

»Prima. Dann sehen wir uns ja hoffentlich«, freute sich Harry. »Wir reisen morgen auch weiter in Richtung Süden.«

»Und wohin?«, fragte Marie.

»Das wissen wir noch nicht. Mal sehen, wo was los ist.«

»Okay, das ist cool. Vielleicht treffen wir uns ja zufällig mal wieder. Ich muss jetzt aber los. Ich wollte eigentlich nur etwas zu trinken holen. Dann sehen wir uns heute Abend.«

»Okay.«

Marie holte an einem Kiosk schnell zwei große Flaschen Wasser und spazierte wieder zurück zu ihrer Mutter.

»Du warst aber lange unterwegs«, stellte Jasmin fest.

»Ja, die haben ganz schön angestanden. Außerdem habe ich unterwegs gelesen, dass heute Abend in diesem Hotel dort Disco im Freien ist. Hast du Lust hinzugehen?«

»Warum nicht? So, als Abschied von Nizza.«

»Prima, ich freue mich.«

Kurz nach neun Uhr abends waren Jasmin und Marie immer noch in ihrem Hotelzimmer.

»Was meinst du, kann ich so gehen?«, fragte Marie ihre Mutter.

»Ist das nicht etwas zu gewagt? Der kurze Rock und die knappe Bluse ohne BH?«

»Mom, das tragen junge Mädchen heutzutage in der Disco. Du siehst aber heute auch sehr fancy[22], ich meine schick aus.«

»Ach, fancy ist wohl jetzt das neue schick?«, fragte Jasmin.

»Ja, schick, oder auch ausgefallen, extravagant und originell.«

»Du glaubst also, dass ich extravagant aussehe? Und warum?«, fragte Jasmin.

»Weil, weil du eben auffällst.«

»Im Positiven?«

»Na klar, Mom. Man könnte uns glatt für Geschwister halten.«

»Jetzt übertreib' mal nicht. Schließlich bin ich mehr als doppelt so alt, wie du.«

Die Disco war bereits gut gefüllt. Jasmin und Marie holten sich an der Bar zunächst einen Drink und suchten sich dann ein gemütliches Plätzchen, etwas entfernt von der Tanzfläche. Die Draufgänger machten gerade eine kleine Pause.

»Checkst du etwa die männlichen Gäste?«, fragte Marie ihre Mutter. »Hast du schon was gefunden?«

---

[22] Schick, ausgefallen, modisch

»Für mich ist da nichts dabei. Ich könnte deren Mutter sein.«

Marie sah das nicht so eng.

»Na und? Wo ist das Problem?«, fragte Marie und lächelte verschmitzt.

Die Draufgänger kamen wieder auf die Bühne und stimmten das Lied »Cordula Grün« an. Sofort füllte sich die Tanzfläche und die meisten der Gäste sangen mit. Nach diesem Titel sagte Albert-Mario, einer der Sänger:

»Wie wir soeben erfahren haben, ist unter unseren Gästen ein hübsches, blondes Mädchen, oder sagen wir mal junge Frau. Ihr werdet es nicht glauben, wie die junge Frau heißt.«

Nach diesen Worten riefen die Gäste im Chor: »Marie, Marie, Marie, …«

Marie wurde es unheimlich. Sie schämte sich ein wenig und bekam einen roten Kopf. Dann stand plötzlich Harry vor ihr und fragte sie: »Darf ich bitten, junge Frau?«

Jasmin schaute Harry fragend an und Marie sagte: »Mom, darf ich vorstellen? Das ist Harry. Harry, das ist meine Mom. Ach so, ihr habt euch ja schon mal flüchtig gesehen.«

Während Harry Jasmin begrüßte und ihr die Hand gab, fingen die Draufgänger an, das Lied »Marie« zu spielen.

»Entschuldigen Sie bitte, ich muss Ihnen mal kurz ihre Tochter entführen.«

Marie und Harry begaben sich umgehend auf die Tanzfläche und die Gäste grölten mit:

Ich will nur, dass du tanzt zu diesem Lied
Ich will nur, dass du glücklich bist, Marie
Ich will nur, dass du tanzt zu diesem Beat
Ich will nur, dass du glücklich bist, Marie

Marie sah man es an, dass sie glücklich war. Und Harry hatte daran einen nicht geringen Anteil. Nach dem Lied fragte Harry: »Kommst du mit raus, ein wenig frische Luft schnappen?«

»Ja, gern. Ich muss nur Mom Bescheid geben, damit sie sich keine Sorgen macht.«

Marie ging zu ihrer Mutter, die bereits ahnte, dass sie den Rest des Abends wohl allein verbringen würde.

»Hi, Mom, ich muss jetzt für einen Moment hier raus. Das war jetzt vielleicht eine Clownparty[23]. Das muss ich erst einmal verdauen.«

Jasmin lachte. »War doch schön. Alle haben sich amüsiert. Bleibe bitte nicht so lange. Ich mache mir sonst Sorgen. Außerdem bin ich

---

[23] Lächerliche Situation

ganz alleine hier und keiner spielt mit mir. Denke dran, was ich dir gestern gesagt habe.«

»Ja, Mom, du nervst. In einer halben Stunde bin ich zurück.«

Doch die halbe Stunde war vergangen und Marie war noch nicht zurück, auch nach einer Stunde nicht. Jasmin begann, sich Sorgen zu machen. Sie ging nach draußen. Dort saß Marie auf einer Stufe und weinte bitterlich.

»Was ist los, mein Schatz?«, fragte Jasmin besorgt. »Warum weinst du?«

Marie fiel ihrer Mutter in die Arme.

»Harry wollte mich vergewaltigen.«

»Was sagst du da? Vergewaltigen?«, Jasmin schaute ihre Tochter fassungslos an.

»Ja«, schluchzte Marie.

»Und? Wie weiter?«

»Zufällig kam Lucas dazu und hat ihn mit Gewalt daran gehindert, sonst …«

»Oh, mein Gott, wir müssen sofort zur Polizei gehen.«

»Nein, keine Polizei. Die halten uns am Ende fest hier oder glauben mir nicht. Du weißt doch, wie die sind. Vielleicht verstehen sie mich auch nicht. Es ist doch nichts passiert.«

»Komm, wir gehen zurück ins Hotel. Morgen fahren wir weiter. Alles wird gut, mein Töchterchen«, versuchte Jasmin Marie zu trösten. »Bitte schreibe Cem nicht von diesem Vorfall, der wäre sonst eifersüchtig.«

»Nein, auf keinen Fall.«

Um sich etwas von dem schrecklichen Vorfall mit Harry abzulenken, suchten sich Jasmin und Marie im Internet den nächsten Stopp aus. Es sollte in die kleine Hafenstadt Sète gehen, die etwa 32 Kilometer südwestlich von der Stadt Montpellier liegt. Das Hotel wollten sie während der Fahrt wählen.

Josie und Luzi nach Sagunt

Am Montag, den 17. Juli hatten wir etwa 600 Kilometer vor uns, die wir in sieben Stunden bewältigten wollten. Im Hotel hatte man uns den Tipp gegeben, nach Sagunt, in der Provinz Valencia, zu fahren. Sogar eine Empfehlung für ein bestimmtes Hotel gab man uns. Noch am Montagabend buchten wir das *Hotel Exe Puerto de Sagunto*.

Von Südfrankreich aus fuhren wir zunächst etwa 100 Kilometer auf der A9 entlang, bis zur spanischen Grenze. Als wir die spanische Grenze überschritten hatten, begann Luzi zu singen und ich stimmte sofort mit ein:

Die Sonne scheint bei Tag und Nacht
Eviva Espana
Der Himmel weiß, wie sie das macht
Eviva Espana
Die Gläser, die sind voller Wein
Eviva Espana
Und jeder ist ein Matador
Espana por favor

In Spanien wurde aus der A9 dann die AP-7. Als wir Barcelona nördlich passierten, wussten wir, dass wir etwa die Hälfte der Strecke hinter uns gebracht hatten. Wir befanden uns immer noch auf der AP-7. Erst 20 Kilometer vor unserem Ziel Sagunt fuhren wir ab auf die V-21, die uns fast bis zu unserem Hotel brachte.

Im Hotel wurden wir zwei Omis sehr nett empfangen. Parkplätze waren genügend vorhanden, die Zimmer waren groß, hell und sauber. Vom Hotel *Exe Puerto de Sagunto* waren wir nach 20 Gehminuten am breiten Sandstrand, der auch nicht sonderlich überfüllt war.

Wir waren froh, dass wir diese lange Strecke ohne größere Verzögerungen hinter uns gebracht hatten und gönnten uns an diesem schwülen Juliabend in einem Restaurant eine gute Flasche spanischen Weines.

Dazu probierten wir das Iberische Eichelschwein, eine Schweinerasse, die besonders in Andalusien und Extremadura gezüchtet wird. Diese freilaufenden Tiere werden oft in Korkeichenhainen gehalten und mit dessen Eicheln gemästet. Das Fleisch hat einen besonders intensiven und nussigen Geschmack und ist mit herkömmlichem Schweinefleisch kaum zu vergleichen. Doch unter dieser Spezialität hatten wir uns etwas ganz anderes vorgestellt.

»Ich glaube, das nächste Mal nehme ich nicht wieder das Eichelschwein«, sagte Luzi, während sie mit dem harten Stück Fleisch kämpfte. An ihrem Gesichtsausdruck konnte ich erkenne, wie es ihr schmeckte.

»Ich weiß auch nicht, was daran eine Delikatesse sein soll«, stimmte ich ihr zu. »Kein Wunder, dass die hier lieber ihre Meeresfrüchte essen. Wollen wir uns noch etwas anderes bestellen?«

»Ich nicht, Josie. Ich glaube, mir ist der Hunger vergangen. Wir müssen unbedingt Bill davor warnen, sonst haut der gleich wieder ab. Apropos Bill. Weißt du, was ich heute Nacht geträumt habe?«

Ich schaute Luzi mit großen Augen an.

»Das möchte ich lieber nicht wissen.«

»Nein, nicht, was du denkst. Ich habe etwas ganz Schreckliches geträumt.«

»Na los, sag schon. Wenn du schon so anfängst, kann ich mir schon denken, was kommt.«

Luzi schaute mich ganz traurig an.

»Ich habe geträumt, Bill verpasst seinen Flieger und kommt nicht.«

»Ach, meine Gute. Du hast sonderbare Träume. Denke doch nicht gleich an das

Schlimmste. Bill wird vor Aufregung schon Stunden vorher am Flughafen sein. Er ist nicht der Typ, der einfach so seinen Flieger verpasst.«

»Ich weiß nicht. Mein Bauchgefühl sagt mir, dass irgendetwas nicht stimmt. Und das ist nicht das erste Mal. Wenn ich ihn nur anrufen könnte.«

»Ruf doch deinen Nachbarn an, den Manfred!«, schlug ich vor. »Er soll mal zu Jasmin gehen, ob sie vielleicht beim Blumengießen dein Handy gefunden hat.«

»Das geht nicht. Manfreds Telefonnummer steht in meinem Handy.«

»Steht Manfred im Telefonbuch?«, fragte ich.

»Weiß ich nicht.«

»Komm, wir schauen mal. Wie heißt Manfred denn?«, fragte ich.

»Manfred.«

»Und mit Nachnamen?«

»Woher soll ich das wissen? Darüber haben wir noch nicht gesprochen.«

»Ach Luzi, mit dir habe ich einen Fang gemacht. Gehen wir lieber schlafen und schauen uns morgen Sagunt an. Mir dir ist ja alles zu spät.«

»Ach was.«

Jasmin und Marie nach Sète

Am Montag, den 17. Juli nahmen Jasmin und Marie Abschied von Nizza. Während der über 350 Kilometer langen Fahrt über die A8, A7 und A9 nach Sète bekam Marie die Aufgabe, sich um ein schönes Hotel zu kümmern. Trotz einer großen Auswahl an Hotels, entschieden sie sich für das *Georges Hostel & Cafe*.

Etwa auf halber Stecke hielten sie an einer Raststätte an, um zu tanken und um etwas zu essen. Als sie die Raststätte gerade wieder verlassen wollten, bekam Marie plötzlich einen Schreck.

»Mom, weißt du, wer gerade an unserem Auto vorbeigefahren ist?«

»Woher soll ich das wissen? Etwa Oma und Josie?«, fragte Jasmin neugierig.

»Leider nicht, es waren Harry und Lucas.«

»Ach. Bist du dir sicher?«

Marie nickte. »Ganz sicher.«

»Das hat uns gerade noch gefehlt. Ob sie uns gesehen haben?«, fragte Jasmin besorgt.

»Ich hoffe nicht. Komm, lass uns schnell weiterfahren! Vielleicht stehen sie auch da vorn und warten auf uns.«

»Das werden wir gleich sehen.«

Sie setzten sich in ihr Auto und fuhren los. Noch auf der Raststätte, ganz am Ende des Parkplatzes, sahen sie Harry und Lucas erneut. Sie saßen auf einer Bank und winkten Jasmin und Marie zu. Schnell fuhren sie an ihnen vorbei. Als Marie sich zu ihnen umdrehte, sagte sie: »Mist, sie steigen in ihr Auto. Sie werden uns verfolgen. Und nun?«

»Wir müssen sie abhängen.«

»Was hast du vor?«

»Weiß ich auch noch nicht«, entgegnete Jasmin etwas ratlos. »Lass uns erst mal auf die Autobahn fahren. Da wird uns schon was einfallen.«

»Sag aber nicht, du willst es so machen, wie Josie letztes Jahr in Amerika. Tankstelle ist das Stichwort.«

»Das geht auch anders.«

»Und wie?«, fragte Marie. »Die Polizei können wir nicht anrufen. Keiner von uns spricht Französisch. Wie wollen wir denen unser Problem erklären?«

»Lass mich das mal machen. Ich habe schon einen Plan.«

»Bring uns bitte nicht in Gefahr«, flehte Marie ihre Mutter an.

»Deine Oma würde jetzt sagen: Ach was.«

Jasmin und Marie fuhren zunächst wieder auf die Autobahn. Im Rückspiegel sahen sie, dass sie von Harry und Lucas in gebührendem Abstand verfolgt wurden.

»Wir werden in Arles abfahren und uns ein hochpreisiges Hotel mit einem Parkhaus suchen. Dort stellen wir uns ab und tun so, als ob wir dort einchecken wollen. Schau bitte mal schnell im Internet nach, welches Hotel das teuerste ist.«

Marie suchte eilig auf ihrem Handy nach einem passenden Hotel und wurde auch schnell fündig.

»Ich habe eins gefunden. Das Hotel *Julius Cesar* oder so ähnlich. Ich gebe die Straße gleich mal in das Navi ein, 9 Boulevard de Lices.«

»Prima, Marie. Das wird sie hoffentlich abschrecken.«

Jasmin und Marie fuhren ab in Richtung Arles und steuerten direkt das Hotel *Julius Cesar* an. Harry und Lucas folgten ihnen mit etwas Abstand. Am Eingang wurden Jasmin und Marie von einem Pagen empfangen, der ihr Auto in die Hotelgarage fuhr.

An der Rezeption erklärten sie dem Concierge ihre Situation. Er sprach perfekt Englisch.

Dann schauten sie nach draußen. In einiger Entfernung stand das Auto von Harry und Lucas.

Auf Bitten von Jasmin und Marie rief der Concierge sofort die Polizei an. Nach zehn Minuten waren die Beamten in einem zivilen Auto vor Ort.

Nachdem Jasmin und Marie den Polizisten die ganze Geschichte erzählt hatten und Marie auch noch eine Anzeige wegen versuchter Vergewaltigung machte, nahmen sie Harry und Lucas mit auf die Wache und den Vorfall zu Protokoll. Anschließend ließen sie Harry und Lucas wieder frei.

Jasmin und Marie konnten unterdessen ihre Weiterreise nach Sète antreten.

Während der Fahrt von Arles bis Sète sprach Marie kaum ein Wort.

»Was ist mit dir, mein Schatz?«, wollte Jasmin wissen. »Machst du dir Gedanken wegen Harry?«

»Ja. Ich weiß nicht, ob ich das mit der Anzeige richtig gemacht habe?«, war sich Marie auf einmal unsicher.

»Natürlich hast du das richtig gemacht. Schließlich wollte Harry dich vergewaltigen. Das darfst du nicht einfach so durchgehen lassen. Die Dunkelziffer solcher Straftaten ist eh schon viel zu hoch.«

»Vielleicht hat Harry aber auch nur zu viel getrunken und jetzt tut es ihm leid.«

»Dann hat er eben Pech«, wiegelte Jasmin ab. »Egal was passiert oder was man auch getrunken hat, ein Mensch muss immer wissen, was er tut. Wenn du jetzt einknickst, fühlt sich Harry als Sieger und wird sich noch über dich lustig machen. Willst du das? Du bist das Opfer und nicht er.«

»Vielleicht verfolgt er uns, weil er sich entschuldigen will.«

»Das glaubst du doch selbst nicht. Harry und sich entschuldigen. Hast du schon mal einen Mann kennengelernt, der sich für irgendetwas entschuldigt hat? Ich nicht.«

»Ach Mami, Du machst es mir nicht einfacher. Ich habe wirklich gedacht, dass Harry ein cooler Typ ist und, dass er es ernst mit mir meint. Ich wollte ihn ja nicht als Lover, sondern nur als guten Freund.«

»Vergiss Harry! Du hast doch Cem. Langsam fange ich an, ihn zu mögen. So und jetzt denke an etwas anderes. Wir sind bald in Sète«, versuchte Jasmin ihre Tochter zu beruhigen.

Am späten Nachmittag kamen sie in Sète an. Das *Georges Hostel & Cafe* lag mitten in der Innenstadt und somit in der Nähe von mehreren Sehenswürdigkeiten. Abends hatten sie noch genügend Zeit, um ein wenig die Umgebung zu erkunden. In einem kleinen gemütlichen Lokal konnten sie den ereignisreichen Tag mit einem leckeren Abendessen ausklingen lassen.

Josie und Luzi in Sagunt

Am Dienstag, den 18. Juli machten wir am Morgen zunächst einen Bummel durch die Altstadt von Sagunt, die wir von unserem Hotel aus nach fünf Kilometer Autofahrt erreichten.

Sagunt liegt etwa 35 Kilometer nördlich von Valencia und ist eine der ältesten Städte an der Costa de Valencia. Die Stadt ist geteilt. Ein Teil liegt direkt am Meer, während sich die Altstadt fünf Kilometer landeinwärts befindet.

Vom Platz del Cronista Chabret liefen wir zunächst hinauf zum Römischen Theater und zum Castillo de Sagunto. Vorbei ging es unter anderem an der Pfarrkirche Santa Maria, deren Bau im Jahre 1334 begann. Die Aussicht vom Römischen Theater war atemberaubend. Wir konnten bis zum Mittelmeer schauen.

Sehenswert ist auch die, sich über einen Kilometer erstreckende, Burganlage Castell de Sagunto, deren Geschichte bis weit in die Antike reicht. Sogar der karthagische General Hannibal soll schon in der Burg gewesen sein.

Als wir vor der Burganlage standen und die Info-Tafel lasen, auf der man die Informationen sogar in deutscher Sprache lesen konnte, sagte

Luzi: »Hannibal war doch der Typ mit den Elefanten?«

»Genau, meine Gute«, stimmte ich Luzi zu, »da hast du gut in der Schule aufgepasst. Mit 37 Elefanten hat er die Alpen überquert. Bis heute weiß keiner, welchen Pass er genommen hat.«

»Welchen Pass?«, wunderte sich Luzi. »Gab es denn damals schon Reisepässe? Es gab doch noch gar keine Fotoapparate.«

»Ich meine doch einen ganz anderen Pass. Ein Pass ist auch eine Straße, die von einem Berg zu einem anderen führt«, versuchte ich Luzi aufzuklären, aber es war zwecklos.

»Dann sag doch gleich Straße. Hatten die denn früher schon Straßen? Die brauchten doch gar keine. Das Auto war ja noch gar nicht erfunden.«

»Komm, Luzi, lies weiter! Du bist doch heute wieder mal ganz meschugge.«

Luzi wendete sich wieder der Informationstafel zu und las weiter.

»Das ist ja interessant, Josie. Wir befinden uns in einer historisch bedeutsamen Stadt. Als Hannibal 220 v. Chr. seinen Feldzug gegen die iberischen Stämme führte, verweigerte ausgerechnet Sagunt ihm die Unterwerfung. Daraufhin belagerte er die Stadt und ließ acht Monate später die Bevölkerung töten. Das ist ja gruselig.«

»Da haben wir ja großes Glück, dass wir die Rundreise nicht ein paar Jahre früher gemacht haben. Das hätten wir nicht überlebt«, scherzte ich und Luzi schaute mich ungläubig an.

»Was man auf so einer Rundreise alles erfährt«, stellte Luzi fest.

»Dabei wolltest du ja anfangs bis Granada fliegen. Weißt du noch Luzi? Da wäre uns viel entgangen.«

»Ich kann mich dunkel daran erinnern.«

»Ich bekomme langsam Hunger. Wollen wir nach einem guten Restaurant Ausschau halten? Worauf hast du heute Appetit, meine Gute?«, fragte ich Luzi.

»Schau mal, da vorn ist ein Grieche. Griechisch haben wir lange nicht gegessen. Wir sind zwar hier in Spanien. Aber mit deren Küche kann ich mich nicht so richtig anfreunden.«

»Okay, Luzi, gehen wir zum Griechen. Ich habe schon richtigen Appetit auf Zaziki mit richtig viel Knoblauch, so wie letztes Jahr in San Francisco.«

»Ganz so viel Knoblauch braucht es heute nicht zu sein.«

Das Essen im Restaurant »Athen« war sehr gut. Der Rotwein, den wir dazu getrunken hatten, war es auch.

Nach dem Essen fragte ich Luzi: »Wie kommst du eigentlich mit deiner Enkelin Marie aus. Bis jetzt waren deine Tochter und deine Enkelin immer weit weg. Da habt ihr sicher nur ab und zu telefoniert. Jetzt seht ihr euch ja öfter. Da sieht sicher alles ganz anders aus.«

»Im Großen und Ganzen verstehen wir uns ganz gut, Josie. Sie hat nur manchmal so komische Ansichten, die ich etwas anders sehe. In unserer Jugend war das ja früher auch so, kann ich mich noch erinnern. Wir wollten auch immer anders sein, als unsere Eltern. Wir wollten auch die Welt verändern. Ich denke da nur an die Sechziger Jahre und die Zeit der Hippies. Ich war damals wohl der ausgeflippteste Hippie in unserer Schule.«

»Das kann ich mir gut vorstellen, Luzi. Seitdem hat sich ja bei dir nicht viel geändert. Du bist ja immer noch ausgeflippt. Bei einer Frau sagt man aber nicht Hippie, sondern Hippiemädchen.«

»Ich bin ein Mädchen. Ich bin ein Mädchen. Ich bin ein Mädchen. Wie bei ‚Manche mögen’s heiß‘, meinem Lieblingsfilm«, scherzte Luzi.

»Genau so, meine Gute. Aber erzähl' ruhig weiter.«

»Ich finde, die heutige Jugend verhält sich ganz anders, als wir früher in den sechziger und siebziger Jahren«, fuhr Luzi fort.

»Wie meinst du das?«, wollte ich es von Luzi genauer wissen.

»Na, ja, Marie geht jede Woche zur Demo, immer freitags. Wie heißt das gleich? Friday for Future, oder so. Sie demonstrieren für einen Wandel in der Klimapolitik. Das ist ja alles gut und schön. Aber ich finde, manchmal gehen sie einfach zu weit. Manchmal denke ich, wissen die jungen Leute gar nicht, wie das zu unserer Zeit so gewesen ist.«

»Das mag sein, Luzi. Die Jugend hat einen anderen Blick auf die Vergangenheit, als wir, die wir sie selbst erlebt haben.«

»Marie meinte neulich sogar: Euch Alten haben wir es zu verdanken, dass jetzt unser Klima zerstört ist. Wir Alten hätten nichts gegen die Umweltzerstörung unternommen, meinte sie. Im Gegenteil, wir hätten noch dabei zugesehen, wie Wälder abgeholzt würden und Atomkraftwerke gebaut worden sind. Die Jungen wollen den Alten ein schlechtes Gewissen einreden. Sie wollen, dass sich die Alten schuldig fühlen. Sie wollen regelrecht einen Keil zwischen Jung und Alt treiben.«

»Das ist ja unfair«, entgegnete ich empört. »Dabei sind wir früher noch mit einem Netz oder Stoffbeutel in den Tante-Emma-Laden gegangen und haben die meisten Dinge lose gekauft und nicht in Plastiktüten. Ich denke nur an das Gemüse oder das Obst. Sogar die Milch haben wir literweise in der Kanne gekauft. Weißt du noch, Luzi?«

»Genau, Josie, daran kann ich mich noch genau erinnern. Mit den vollen Milchkannen haben wir Armdrehen gemacht und mussten aufpassen, dass wir ja nichts verschütteten.«

»Stimmt, Luzi, das weiß ich auch noch ganz genau. Wir haben vor dem Winter Einkellerungskartoffeln gekauft. Die wurden dann im Keller den ganzen Winter über bis in den Sommer gelagert. Vorher musste man sogenanntes ‚Keimstopp' darüber streuen. Ob das so gut war, weiß ich auch nicht.«

»Und die Autos«, ergänzte mich Luzi, »bei uns in unserem vierstöckigen Wohnhaus hatte nur eine Familie ein Auto. Und an einen mehrstündigen Flug in den Urlaub war gar nicht zu denken.«

Während wir über die »guten alten Zeiten« redeten, kam mir Luzi wie verändert vor. So kannte ich sie gar nicht. Von Verwirrtheit oder gar Demenz war plötzlich nichts mehr zu spüren. Ihre Gedanken waren klar. Vielleicht lag es daran, dass die Ereignisse schon Jahrzehnte zurück lagen.

»Du kannst dich aber noch sehr gut an die alten Zeiten erinnern, Luzi. Dein Gehirn scheint ja noch ganz gut zu funktionieren. Da brauche ich mir ja keine Gedanken zu machen.«

»Ach was, Josie. Nur mit dem Kurzzeitgedächtnis habe ich manchmal Probleme. Aber das ist normal in unserem Alter.«

»Mach' dir keine Sorgen Luzi. So schlimm ist es ja bei dir noch nicht. Ich möchte deinen Gedanken aber noch etwas hinzufügen.

Damals gab es auch noch keine Handys, bei deren Herstellung Menschen ihre Gesundheit aufs Spiel setzen müssen. Und das Geld für unsere Kleidung haben wir uns mühsam zusammengespart und die Klamotten dann mehrere Jahre getragen und nicht in den Billigläden jedes Jahr für wenig Geld neu gekauft.

Unsere Kinder haben wir noch mit Baumwollwindeln gewickelt und nicht mit solchen umweltschädlichen Wegwerfwindeln. Gespielt haben wir als Kind mit Holzspielzeug und haben nicht den ganzen Tag vor dem Computer gesessen.

Das Meiste, was wir heutzutage zu kaufen bekommen, wird im Ausland produziert, zum größten Teil in Asien. Oft arbeiten dort Kinder unter unmöglichen Bedingungen für einen Hungerlohn, nur damit wir die Kleidung für einen Apfel und ein Ei kaufen können. In unserer Jugend wurde noch fast alles in Deutschland produziert.

Oder nehmen wir mal das Obst. Ist es notwendig, dass wir sogenannte Flug-Ananas zu kaufen bekommen, die mit dem Flieger nach Deutschland geflogen wird?«

»Ja, Josie, was soll man da sagen? Die Jugend von heute versteht das sowieso nicht. Ich halte mich da lieber raus. Sollen die nur ihr Ding machen.«

»Durch die sozialen Medien heizen sie sich noch gegenseitig auf und Unterstützung bekommen sie noch von Interessenvertretern«, fuhr ich mir meinen Ausführungen fort. »Ich glaube, das nimmt noch mal ein böses Ende. Wenn die Jugend erst einmal sieht, wie der Ernst des Lebens aussieht und nicht mehr von ihren Helikopter-Eltern verwöhnt wird, werden sie hoffentlich die Realität mit anderen Augen betrachten.«

»Aber eins muss man gestehen, Josie, die ganzen Dreckschleudern, wie die im Ruhrgebiet oder in Ostdeutschland, sind verschwunden. Die Luft ist viel sauberer geworden und in unseren Flüssen kann man endlich wieder baden.«

»Das ist richtig«, stimmte ich Luzi zu. »Bei meiner Schwester, der Renate aus Leipzig, Gott habe sie selig, muss es ja noch viel schlimmer gewesen sein. Was die mir manchmal geschrieben hat. Dort gab es ja anfangs bei verschiedenen Lebensmitteln noch Marken. Ein Stück Butter pro Woche und Person. Und die dreckige Luft bei denen. Renate schrieb mir manchmal in ihren Briefen, dass sie an manchen Tagen, wenn der Wind ungünstig stand, gar keine Wäsche draußen trocknen konnte.

Manche Flüsse in der DDR waren so verschmutzt, dass darin keine Fische mehr leben konnten. Diese Zeiten sind Gott sei Dank vorbei. Das ist auch unser Verdienst, der Verdienst der Alten. Das sollte die Jugend auch mal anerkennen.«

»Vielleicht hat die Jugend ja auch recht und wir verstehen sie nur nicht, weil wir zu alt sind, Josi.«

»Das kann sein, meine Gute. Wir haben immer nur getan, was uns gesagt wurde und haben blind den Politikern vertraut, ohne deren Entscheidungen zu hinterfragen. Jetzt, wo es das Internet gibt, hat man viel mehr Möglichkeiten, sich zu informieren. Mit nur wenigen Klicks kann man auf alle Fragen eine Antwort bekommen. Man muss nur sehen, dass man sich auf den richtigen Seiten informiert und keinen Lügnern und Verschwörungstheoretikern auf den Leim geht.«

»Vielleicht ist es ganz gut, dass die Jugend mal frischen Wind in die verstaubte Politik bringt.«

»Frischen Wind kann unsere Politik sicher ganz gut gebrauchen«, gab ich Luzi recht. »Ich befürchte nur, dass bei der Umsetzung der Klimaschutzziele und der CO_2-Reduzierung der ‚kleine Mann‘ am meisten zahlen muss. Das sieht man ja jetzt schon mit der CO_2-Abgabe. Der Sprit, das Gas, das Heizöl, die Lebensmittel usw., alles wird teurer. Das ist eine Spirale ohne Ende. Am Ende müssen wir im Winter frieren, weil wir uns die Heizkosten nicht mehr leisten können. Auch Autofahren wird bald zum Luxus werden. Da hilft es auch nicht, auf E-Autos umzusteigen. Wenn die alle am Abend ihre Autobatterie aufladen wollen, bricht mit Sicherheit das Stromnetz zusammen.«

»Ach Josie, sei nicht so pessimistisch. Unsere gewählten Volksvertreter werden schon eine Lösung finden. Komm, lass uns ins Hotel gehen. Ich bin müde. Wir haben morgen eine lange Fahrt vor uns. Außerdem wir es langsam etwas kühl.«

»Na, dann. Auf geht's. Über dieses Thema könnten wir noch stundenlang reden und zu keinem Ergebnis kommen«, stellte ich fest.

»Reden ist immer gut.«

Jasmin und Marie 1. Tag in Sète

An diesem Dienstag, den 18. Juli, wollten sich Jasmin und Marie zunächst gemütlich die Stadt anschauen. Die Stadt Sète liegt idyllisch auf einer schmalen Landzunge zwischen dem Mittelmeer und der 18 Kilometer langen Lagune Étang de Thau und ist von allen Seiten mit Wasser umgeben. Deshalb wird sie auch als »Klein-Venedig des Languedoc« bezeichnet.

Der Königskanal bildet praktisch das Zentrum der Stadt. Dort findet man viele Souvenirläden und Restaurants. In Sète kann man zwölf Brücken bewundern, darunter zwei Drehbrücken und drei Klappbrücken. Von dem 183 Meter hohen Stadthügel hat man eine wunderschöne Aussicht in alle Himmelsrichtungen. Absolut sehenswert ist auch das im Jahre 1928 gebaute Palais Consulaire an der Mündung des Canal de la Peyrade.

Gegen Mittag hatten Jasmin und Marie Hunger. Zufällig entdeckten sie eine große Markthalle. Sie ist bekannt für ihre mediterranen Spezialitäten, wie Austern, Tintenfisch im Teigmantel, geschmorte Tintenfische oder verschiedene landestypische Fischsuppen.

Nach dem Essen wollten sie unbedingt einen der schönen Sandstrände besuchen, zu denen man gelangt, wenn man über die Sandbank »Le Toc« zu dem 19 Kilometer entfernten Ort Cap d'Adge fährt. Auf 15 Kilometer Länge laden Traumstrände Touristen und Einheimische zum Baden ein.

Jasmin und Marie packten ihre Badesachen und ein paar Flaschen Wasser in ihr Auto, fuhren etwa 30 Minuten bis zum Strand und suchten sich ein ruhiges Plätzchen. Weil der Strand sehr weit von Sète entfernt war, trafen sie nur wenige Badegäste an.

»Denkst du auch manchmal an Omi?«, fragte Marie ihre Mutter, als sie in Badesachen am Strand entlang liefen.

»Ja, sehr oft sogar. Wo sie wohl gerade sind und ob es ihnen gut geht.«

Marie lächelte. »Und was sie wohl gerade wieder anstellen.«

»Ich hoffe nichts«, antwortete ihr Jasmin, »damit sie nicht schon wieder Ärger bekommen. Was Oma wohl zu Bills Vorpreschen sagen wird? In sechs Tagen werden wir es wissen.«

»Sie wird aus allen Wolken fallen. Hoffentlich macht ihr Herz das alles mit. Schließlich werden die folgenden Tage sehr stressig für sie sein und Omi ist auch nicht mehr die Jüngste. Vielleicht ist es besser, wenn einer von uns beiden mit Omi und Josie zurückfliegt und ihnen bei den Vorbereitungen hilft. Was meinst du, Mom?«, fragte Marie und schaute dabei ihre Mutter fragend an.

»Das ist eine gute Idee von dir, Marie. Da kommst ja nur du infrage, weil du keine Fahrerlaubnis hast und unser Auto nicht zurückfahren darfst.«

»Stimmt. Das krieg' ich hin. Weißt du, was wir immer noch nicht gelöst haben?«

»Du meinst sicher, das Problem mit dem Mietwagen? Da muss ich unbedingt noch anrufen und fragen, ob wir den Wagen auch in Granada abgeben können. Erinnere mich bitte gleich morgen früh daran. Jetzt ist es nach sechs, da wird keiner mehr im Büro sein. Komm, lass uns ins Wasser gehen. Die Wellen sind gerade nicht so hoch.«

Plötzlich rief Marie: »Halt, Mom, ich glaube, ich habe gerade Harry und Lucas gesehen.«

»Was sagst du da? Wo denn?«

»Da vorn an der Strandbar sitzen sie, Harry und auch Lucas. Ich weiß nicht, ob sie uns schon gesehen haben. Was machen wir jetzt?«

»Lass uns zurückfahren ins Hotel und *dort* in den Pool gehen. Da ist es sicher auch schön.«

Doch ihr Entschluss kam zu spät. Als sie zurück zu ihrer Strandliege liefen, waren Harry und Lucas bereits hinter ihnen.

»Marie, warte bitte! Ich muss dringend mit dir reden«, rief Harry.

Marie drehte sich um.

»Da gibt es nichts mehr zu bereden. Verschwinde, sonst rufe ich wieder die Polizei!«

»Warte, bitte«, flehte Harry Marie förmlich an.

Marie blieb stehen, Jasmin ging langsam weiter bis zu ihrer Liege.

»Was willst du?«

»Marie, ich möchte mich bei dir entschuldigen. Ich hatte in Nizza zu viel von dem süßen Wein getrunken. Das habe ich nicht vertragen. Normalerweise trinke ich gar keinen Alkohol. Ich wollte mir Mut antrinken. Aber das ist völlig in die Hose gegangen.«

»Das kann man so sagen. Ich nehme deine Entschuldigung nicht an. Es hat keinen Sinn mit uns beiden. Wir werden keine gemeinsame Zukunft haben. Ich liebe meinen Freund.«

»Marie, gibt mir eine zweite Chance! Lass uns wenigstens Freunde sein. Marie, ich mag dich. Entschuldige bitte, ich sage es noch einmal. Es tut mir sehr leid. Eine zweite Chance?«, fragte er Marie und schaute sie mit treuen Rehaugen an.

Zum ersten Mal lächelte Marie und fragte: »Und dann? Ich werde auf gar keinen Fall zurück nach Australien ziehen. Nachdem ihr zurückgeflogen seid, werden wir uns nie wieder sehen. Wir werden uns aus den Augen verlieren und schon bald werden wir uns vergessen haben.«

»Marie, bitte überlege es dir noch mal mit dem Angebot, was ich dir gemacht habe. Hier sind meine genaue Anschrift und meine Telefonnummer. Falls du es dir doch noch anders überlegen solltest, dann melde dich bei mir. Ich würde mich sehr freuen.«

Marie nahm den Zettel von Harry.

»Okay, mach ich. Aber bitte, lass mich ab jetzt in Ruhe, sonst muss ich doch noch die Polizei rufen.«

»Ach, noch etwas. Bitte zieh die Anzeige wieder zurück. Ich würde sonst in Australien mächtigen Ärger bekommen.«

»Ich werde es mir überlegen.«

Dann folgte sie ihrer Mutter zur Liege und Harry und Lucas verschwanden wieder.

»Was sollte das denn?«, fragte Jasmin. »Du willst ihm doch nicht im Ernst verzeihen?«

»Was sollte ich machen? Ich habe noch nicht gesagt, dass ich ihm verzeihe. Wenn ich ihm nicht zugehört hätte, würde er mich die ganze Zeit weiter verfolgen. Da hätte ich auch nichts gekonnt.«

»Willst du wirklich die Anzeige zurückziehen?«, fragte Jasmin erstaunt.

»Mal sehen, ich weiß noch nicht, aber wahrscheinlich doch. Es ist ja nichts passiert. Es stimmt, er würde sonst in Australien mächtigen Ärger bekommen. Das möchte ich auch nicht.«

»Das musst du selbst wissen. Aber vielleicht hast du recht. Er hat jetzt gesehen, dass mit dir nicht zu spaßen ist. Er hat bestimmt daraus seine Lehren fürs Leben gezogen.«

»Ich werde gleich morgen zur Polizei gehen. Übermorgen reisen wir ja schon wieder weiter.«

Josie und Luzi nach Cordoba

Am Mittwoch, den 19. Juli hatten wir wieder einen längeren Ritt vor uns. Bis nach Córdoba waren es etwa 540 Kilometer. Zunächst fuhren wir auf der A-3 bis hinter Tébar. Dann ging es auf die A-43 bis nach Manzanares. Bei Manzanares bogen wir auf die A-4 ab, die uns schließlich bis nach Córdoba führte.

Von ein paar harmlosen Baustellen abgesehen, war die Fahrt ziemlich entspannt. Zweimal machten wir an einer Raststelle eine etwas längere Pause, einmal um zu tanken, ein anderes Mal gönnten wir uns ein Eis und einen Kaffee.

Aufgrund der zwei Pausen, kamen wir erst nach 19 Uhr im Hotel an. Das Hotel *Eurostars Palace* hatten wir uns ja bereits in Deutschland ausgesucht und ich muss sagen, wir hatten ein glückliches Händchen. Es lag sehr günstig. Nach wenigen Schritten befand man sich schon mitten in der Altstadt. Auch die Mezquita war nur einen halben Kilometer vom Hotel entfernt. Außerdem hatte das Hotel eine Tiefgarage, sodass wir uns nicht um einen Parkplatz kümmern brauchten.

Parkplätze sind in den größeren Städten Andalusiens ein Problem. Meistens bieten die Hotels gar keine Parkplätze an. Darüber hinaus sind die Straßen in Andalusien für deutsche Verhältnisse sehr eng.

Die riesigen Fenster im Hotelzimmer waren raumhoch, sodass man einen herrlichen Blick auf die Altstadt von Córdoba hatte. Auf dem Dach befand sich sogar ein Pool.

Von der langen Fahrt in der Hitze waren wir ziemlich kaputt. Nachdem wir uns geduscht und unsere Koffer ausgepackt hatten, schafften wir es nur bis in das Hotelrestaurant.

Mitten in der Nacht stupste mich plötzlich Luzi an. Ich wachte sofort auf und öffnete meine Augen. Luzi hielt mir den Mund zu.

»Pst«, flüsterte sie ganz leise. »Da ist jemand im Bad. Nicht bewegen!«

Glücklicherweise begriff ich sofort, was Luzi meinte und verfiel nicht in Hektik.

»Sei ganz ruhig« sagte ich in einer Lautstärke, damit es Luzi gerade noch hören konnte, der Täter im Bad aber nicht. »Ich schau mir den Ganoven erst mal genau an. Wenn ich dir ein Zeichen gebe, springst du aus dem Bett und jagst den Täter laut schreiend in die Flucht.«

Wenig später kam der Fremde auf Zehenspitzen aus dem Bad und durchsuchte unsere Sachen im Kleiderschrank. Wir taten so, als ob wir schliefen. Ich blinzelte nur mit meinen Augen und prägte mir somit den Täter genau ein, damit ich ihn später der Polizei beschreiben konnte. Unsere Wertsachen hatten wir ja im Zimmersafe eingeschlossen, sodass er eigentlich nichts Wertvolles finden konnte.

Nachdem ich mir den Täter von allen Seiten betrachtet hatte, zwickte ich Luzi unter der Decke leicht in die Seite. Sofort sprang sie unter lautem Getöse aus dem Bett und schrie: »Hilfe ein Einbrecher! Haltet den Dieb! Hilfe Einbrecher! Haltet den Dieb!«

Der Einbrecher suchte über den Balkon umgehend das Weite. Da wir ein Zimmer im Erdgeschoß hatten, war es für ihn kein Problem von dem Balkon herunterzuspringen.

Schnell zogen wir uns um. Um sicher zu gehen, dass der Einbrecher auch wirklich verschwunden war, betrat ich noch einmal den Balkon. Tatsächlich stand etwa zehn Meter vom Balkon entfernt ein Mann. Bekleidet war er mit einer weißen Hose und einem weißen Jackett. Doch es war nicht der Einbrecher, es war unser Schutzengel, der mir zuwinkte und eine »Gute Nacht« wünschte. Ich konnte noch kurz zurückwinken, dann eilte der Mann in »Weiß« davon. Ich vermied es Luzi davon zu berichten.

Sie hätte sonst den Rest der Nacht keine Auge mehr zugemacht.

Anschließend eilten wir an die Rezeption, die sogar besetzt war, und meldeten den Einbruch.

Der Concierge sicherte uns zu, dass sich am nächsten Tag die Polizei bei uns melden würde. Dann gingen wir wieder zurück auf unsere Zimmer.

»Weißt du, was ich erst dachte?«, fragte mich Luzi.

»Na, was denn, meine Gute? Erzähle es mir!«

»Ich dachte erst, unser Schutzengel hat sich bei uns eingeschlichen.«

»So ein Unsinn. Warum sollte er das tun? Das hast du sicher nur geträumt. Um solche Vorfälle kümmert sich unser Schutzengel nicht. Der hat Wichtigeres zu tun.«

»Ach was. Wenn ich es geträumt hätte, wüsste ich es ja jetzt nicht mehr. Oder kannst du dich an deine Träume erinnern?«

»Stimmt, Luzi. Ich kann mich an meine Träume auch nur ganz selten erinnern. So, und jetzt schlaf! Sonst kommst du morgen früh nicht aus den Federn.«

»Ha, ha, Federn ist gut. Das sind ja nur Laken.«

»Gott sei Dank!«

So richtig tief schlafen konnten wir jedoch nicht mehr, dazu waren wir viel zu aufgeregt. Ich musste immer daran denken, was hätte passieren können, wenn der Einbrecher bewaffnet gewesen wäre. Aber es ist ja noch mal gut ausgegangen. Bei uns konnte der Täter jedenfalls nicht fündig werden.

Jasmin und Marie 2. Tag in Sète

Am Mittwoch, den 19. Juli, fuhren Jasmin und Marie wieder an denselben Strand, wie schon am Vortag. Als sie angekommen waren und es sich gemütlich gemacht hatten, holte Jasmin ihr Handy aus der Badetasche und sagte: »Jetzt kümmere ich mich erst einmal um den Mietwagen. Weißt du zufällig, bei welcher Firma sie den Wagen gebucht haben?«

»Nein, keine Ahnung. In Amerika war es *Alamo*, das weiß ich noch. Aber hier, hier gibt es eine Menge Firmen, zum Beispiel *Sixt* oder *Hertz*.«

»Dann haben wir jetzt ein Problem«, stellte Jasmin fest. »Es macht keinen Sinn bei allen Firmen anzurufen. Wir haben ja nicht mal die Vertragsnummer oder das Kennzeichen des Wagens. Und wenn der Wagen auf Josie gebucht ist, wissen nicht mal, wie Josie mit Nachnamen heißt. In dem halben Jahr, seit wir hier in Deutschland sind, war Omis Freundin immer nur die Josie.«

»Siehst du Mom, wenn wir bei Josie mal Blumen gegossen hätten, wüssten wir es. Sie hat uns doch ihren Schlüssel gegeben. Da war

156

ein Kärtchen mit dem Namen und der Adresse dran.«

»So ein Mist. Der Schlüssel liegt auf unserem Küchentisch und keiner kann in unsere Wohnung rein. Was machen wir jetzt?«, fragte Marie und machte ein sorgenvolles Gesicht.

»Das weiß ich auch nicht. Das Problem können wir nur in Granada lösen, wenn wir von Oma und Josie den Mietvertrag bekommen haben. Erst dann können wir mit der Firma telefonieren. Vielleicht gibt es doch noch eine Möglichkeit, den Wagen in Granada abzugeben. Machen wir uns jetzt erst einmal keine Gedanken darüber und genießen die paar Tage, die wir noch bei dem schönen Wetter am Meer sind. Heute Abend feiern wir bei einer Flasche Wein Abschied von Sète.«

»Schade, eigentlich, mir hat es hier gut gefallen. Es war schön hier. Aber ich freue mich auch, dass es morgen endlich nach Spanien geht.«

»Du freust dich auf Spanien? Bist du dir sicher?«

»Ja, ich war noch nie in Spanien. - Ach so. Das stimmt nicht ganz«, erinnerte sich Marie. »In Mallorca war ich schon, aber nur am Ballermann. Das kann man mit dem Festland wohl nicht vergleichen?«

»Eher nicht. Wollen wir uns heute Abend schon mal die nächste Station aussuchen und ein Hotel buchen?«, fragte Jasmin.

»Okay, das machen wir. Zuvor gehe ich aber zur Polizei und ziehe meine Anzeige zurück«, sagte Marie.

»Wenn du denkst, dass das richtig ist. Ich möchte dir da nicht reinreden.«

»Komm, da fahren wir gleich hin. Ich weiß nicht, wie lange die geöffnet haben.«

Nachdem Marie die Anzeige zurückgezogen hatte, fühlte sie sich gleich wohler.

»So, Mami, jetzt bin ich beruhigt. Ich habe Harry verziehen und er bekommt in Australien keinen Ärger. Ich hätte sonst ein schlechtes Gewissen. Kannst du mich ein wenig verstehen?«

»Ich habe dir doch gesagt, dass ich dir in diesem Fall nicht reinreden möchte. Du bist alt genug. Ich hätte sicher anders entschieden. Du weißt schließlich am besten, was vorgefallen ist.«

»Danke, Mami.«

Nach dem Abendessen in einem kleinen Restaurant auf der schmalen Landzunge von Sète, entschieden sich Jasmin und Marie für Vinaròs, als nächstes Zwischenziel. Drei Nächte wollten sie dort bleiben. Das Hotel, welches sie sich auswählten hieß *RH Vinaròs Playa & Spa*.

»Das wird unsere letzte Station vor Granada sein«, sagte Jasmin, »und gleichzeitig unser Abschied vom Mittelmeer.«

»Schade, dass dann unser Kurzurlaub schon wieder vorbei ist.«

»Solch einen Trip können wir gern mal wiederholen, mein Töchterchen.«

»Ja, cool.«

»Komm, lass uns ins Bett gehen. Wir haben morgen eine lange Fahrt vor uns.«

»Okay, Mom. Da fällt mir gerade noch etwas ein. Ob vielleicht Bill Josies Nachnamen kennt? Das wäre unsere letzte Hoffnung.«

»Das ist eine super Idee. Soll ich gleich mal anrufen. Bei ihm in San Francisco wird es gegen Mittag sein.«

Aber auch Bill konnte sich leider nicht mehr an meinen Nachnamen erinnern. Er wusste nur, dass es ein typisch deutscher Name ist.

Josie und Luzi in Córdoba

Am Donnerstag, den 20. Juli, klopfte es gegen acht Uhr an unsere Tür. Wir wollten gerade das Zimmer verlassen, um in den Frühstücksraum zu gehen. Es war die Polizei. Die beiden Beamten hatten sogar einen Dolmetscher mitgebracht, sodass es uns leichter fiel, mit ihnen zu kommunizieren. Wir gaben den Polizisten eine genaue Personenbeschreibung von dem Einbrecher. Sie lobten uns, dass wir nicht versucht hätten, den Einbrecher auf eigene Faust festzuhalten. In den meisten Fällen ginge ein solcher Versuch schief, erzählten sie uns. Nachdem sich die Polizisten bei uns für unseren Einsatz bedankt hatten, verabschiedeten sie sich wieder. Wir sollten uns jedoch noch eine Stunde im Hotel für eventuelle Fragen bereithalten.

Diese Zeit nutzten wir zu einem ausgiebigen Frühstück. Nach einer gefühlten halben Stunde kam ein Polizist mit dem Dolmetscher an unseren Tisch und wir erfuhren, dass der Täter soeben im Hotel gefasst wurde. Der Einbrecher war sogar ein Hotelgast. Der Beamte bedankten sich erneut bei uns und wir freuten uns, mal wieder eine gute Tat vollbracht zu haben.

»Luzi, ich glaube, wir sollten auf unsere alten Tage noch einmal umschulen.«

»Ach was, umschulen. Ich bin froh, dass ich nicht mehr zur Arbeit gehen muss. Als Sprechstundenhilfe gab es bei uns immer Hektik und Stress. An was hättest du gedacht?«

»An eine Detektei, Luzi. Sie könnte in etwas heißen: Josie und Luzi lösen jeden Fall, manchmal auch mit lautem Knall.«

»Das klingt ja lustig. Du hast immer eigenartige Ideen, Josie. Vielleicht sollten wir doch mal darüber nachdenken. Das ist gar keine schlechte Idee. Aber den Reim mit dem ‚Knall‘ finde ich doof.«

»Warum? Ich finde es kreativ. Es gibt nichts besseres, was sich auf ‚Fall‘ reimt.«

Nach einem leckeren Frühstück im Hotel verbrachten wir den Tag ausschließlich in Córdoba, der drittgrößten Stadt Andalusiens. Viele Bauten der Stadt sind noch von der maurischen Herrschaft geprägt, als Córdoba noch eine der größten Städte der Welt war. Erwähnenswert wäre noch, dass Córdoba seit dem 6. Mai 2010 eine Städtepartnerschaft mit dem bayrischen Nürnberg hat. Okay, Sie haben ja recht, mit dem fränkischen Nürnberg.

Wie ich eingangs meines Buches bereits erwähnt hatte, war unser Hauptziel und zugleich unser Höhepunkt in Córdoba, die Mezquita, die wir als erstes besuchten. Diese ehemalige Moschee aus der Epoche des maurischen Spaniens wurde im Jahre 784 errichtet. Die 179 Meter lange und 134 Meter breite Mezquita ist das bedeutendstes Bauwerk der Stadt und gehört mit seinen 23.000 Quadratmetern Grundfläche zu den größten Sakralbauten der Erde.

Wir kauften uns zwei Eintrittskarten und liehen uns zusätzlich noch zwei Audio-Guides in deutscher Sprache aus. An der langen Schlange am Eingang ging es schnell vorwärts. Nach zehn Minuten Wartezeit waren wir endlich drin.

»Hast du das auch gehört, Luzi? Wenn die Mezquita heute noch eine Moschee wäre, wäre sie die drittgrößte der Erde.«

»Na klar habe ich das auch gehört. Die haben mir doch denselben Sender eingestellt, wie bei dir.«

»Das beruhigt mich. Dann brauche ich es dir ja nicht erklären.«

»Nein, brauchst du nicht.«

»Luzi, hör' nur genau zu und versuche dir das auch zu merken.«

»Na, klar, merke ich mir das. Ich bin doch nicht dezent.«

»Du meinst sicher dement«, verbesserte ich Luzi wieder einmal.

»Sag ich doch, dezent. Sag' mal, hörst du schwer?«

Ich verdrehte die Augen.

Am Eindrucksvollsten in der Mezquita ist auf jeden Fall die riesige Gebetshalle mit den übereinander liegenden rotweißen Hufeisenbögen, die knapp zwei Drittel der Fläche einnimmt. Die Bögen ruhen auf 856 Säulen aus Jaspis, Onyx, Marmor und Granit und stammen mehrheitlich von Gebäuden aus der Römerzeit. Einige davon waren zum Beispiel Bestandteile des vorher an dieser Stelle stehenden römischen Tempels.

Eine Besonderheit der Mezquita ist auch die mitten in die Gebetshalle hineingebaute Kirche in Form eines lateinischen Kreuzes mit Vierungskuppel.

Etwa zwei Stunden hielten wir uns in diesem Bauwerk auf. Anschließend schauten wir uns noch die »Römische Brücke« an, die ganz in der Nähe der Mezquita über den Fluss Guadalquivir führt und im Jahre 45 v. Chr. von den Römern erbaut wurde. Auch sie diente bereits als Drehort für einen Film. Für die Fernsehserie »Games of Thrones« war sie die Lange Brücke von Volantis. Ich finde es immer wieder beeindruckend, derartige natürliche Filmkulissen mal in Natura zu sehen.

In Córdoba konnten wir noch eine ganze Menge weiterer Highlights zu bewundern, die ich jedoch nicht im Einzelnen nennen möchte. Aber eine Sehenswürdigkeit wird sich wohl kein Tourist entgehen lassen, die Juderia. So bezeichnet man die Altstadt, in der früher Juden gemeinsam und friedlich mit Arabern lebten. Ja, so etwas gibt es auch, oder besser gesagt, gab es auch. Dieser interessante Stadtteil ist ein unbedingtes Muss für alle Touristen, die Córdoba besuchen. In den engen Gassen befinden sich viele Gaststädten mit leckerem Essen und die einzige von ehemals 300 Synagogen Córdobas. Alle anderen Synagogen wurden nach der Vertreibung der Juden leider zerstört. Die Sinagoga di Córdoba ist über einen Innenhof erreichbar, über dessen Eingangsportal wunderschöne   Stuckverzierungen angebracht sind.

Am späten Nachmittag fanden wir eine kleine gemütliche Gaststätte, die mit córdobanischer Küche warb. Ich entschied mich für das

Kaninchen in »salmorejo«, das ist eine Art Vinaigrette. Luzi hingegen zog das Lamm in Honig vor. Dazu tranken wir ein Gläschen Wein aus der Gegend von Córdoba.

»Weißt du Luzi, ich hätte nie im Leben gedacht, dass es in Spanien außer dem Eichelschwein noch etwas Ordentliches zu Essen gibt. Ich bin froh, dass wir uns für dieses Restaurant entschieden haben, obwohl es von außen gar keinen so einladenden Eindruck machte.«

»Stimmt, Josi, das Lamm war auch köstlich. Ich habe lange kein Lamm mehr gegessen. Prima, dass das Kaninchen auch gut war. Früher, als ich noch ein Kind war, hatten meine Eltern selbst Kaninchen. Daran kann ich mich noch genau erinnern. Die habe ich gern mit Löwenzahn und so gefüttert. Ich war dann immer ganz traurig, wenn sie eines davon zum Schlachter gaben. Aber so ist das Leben. Meine Mutter hat es dann immer mit Speckwürfel gespickt. Das hat so lecker geschmeckt und war so zart. Mir läuft gleich das Wasser im Mund zusammen.«

»Ich glaube, ich brauche jetzt einen doppelten Espresso, sonst meldet sich gleich meine Galle wieder«, sagte ich zu Luzi.

»Bestell mir bitte einen mit, Josie.«

Als Nachspeise empfahl uns der Kellner das »Engelshaar«, ein Kuchen aus Blätterteig, gefüllt mit Zitronat. Dieses fantastische Essen trug auch dazu bei, dass wir wieder einen schönen Tag hatten. Nun freuten wir uns auf unser nächstes Ziel, nämlich Sevilla.

Jasmin und Marie nach Vinaròs

Am Donnerstag, den 20. Juli hatten Jasmin und Marie eine längere Strecke vor sich. Etwa 530 Kilometer waren es bis nach Vinaròs. Nach einem super Frühstück begaben sich Jasmin und Marie bei strahlendem Sonnenschein auf die Reise.

Zunächst fuhren sie knapp 150 Kilometer auf der französischen A9 und den Rest der Strecke nur noch auf der spanischen AP-7. Es ließ sich ganz entspannt fahren, ohne Staus und mit nur wenigen Baustellen.

Nach etwa sieben Stunden waren sie endlich am Ziel, dem Hotel *RH Vinaròs Playa & Spa.* Parken konnten sie in einem Parkhaus neben dem Hotel, für 10 Euro pro Tag. Es war bereits ziemlich spät und die Sonne bereitete sich auf ihren Untergang vor. Nachdem sie nach dem Einchecken auf ihr Zimmer kamen, staunten sie erst einmal.

»Das ist ja cool hier«, sagte Marie. »Sogar mit Terrasse und Meerblick.«

»Und raumhohe Fenster«, ergänzte Jasmin. »Ich glaube, hier werden wir uns wohlfühlen.«

Im Hotel gab es außerdem einen Außenpool mit Wasserrutsche, einen Whirlpool, ein Fitnessstudio, eine Sauna und eine große Dachterrasse. Zum Strand waren es nur 300 Meter. Beste Voraussetzungen also zum Relaxen.

Nachdem sie sich etwas frisch gemacht hatten, konnten Jasmin und Marie im hauseigenen Restaurant speisen. Nach dem Essen schlug Marie vor: »Komm, Mom, lass uns an den Strand gehen. Eine kleine Erfrischung vor dem Schlafengehen wird uns nach der langen Fahrt gut tun.«

»Aber es ist doch schon dunkel.«

»Na und, da brauchen wir wenigstens keine Badesachen.«

»Und Handtücher?«, fragte Jasmin.

»Es sind noch über dreißig Grad, da trocknen wir schnell an der Luft. Komm schon!«

Marie stand auf, zog ihre Mutter an der Hand und im Nu waren sie am Strand. Der Sand war immer noch warm von der Sonne, die den ganzen Tag ungetrübt vom Himmel schien.

Sie zogen ihre Sandalen aus und stellten sie auf einer Bank ab. Auch ihre Kleidung legten sie auf die Bank. Dann rannten sie lautlachend Hand in Hand nackt ins lauwarme Wasser des Mittelmeeres.

»Ist das herrlich«, freute sich Jasmin. »Ich fühle mich gleich wie neugeboren.«

»Schau mal, Mami, da sind Delfine. Wollen die mit uns spielen?«

»Die kommen tatsächlich auf uns zu«, stellte Jasmin fest. »Ist das süß.«

Marie hatte Bedenken. »Hoffentlich sind es keine Haie.«

»Haie gibt es hier nicht«, wiegelte Jasmin ab. »Glaube ich jedenfalls. - Oder doch? - Ich bin mir jetzt etwas unsicher.«

Die Fische kamen immer näher und auf deren Rücken war nun deutlich eine dreieckige Flosse zu sehen.

»Marie, schnell, komm!«, rief Jasmin Marie zu. »Das sind tatsächlich Haie. Wir müssen raus hier, aber so schnell, wie möglich! Komm!«

Sie schafften es gerade noch in letzter Sekunde aus dem Wasser. Am Strand mussten sie sich erst einmal in den warmen Sand legen und von dem Schreck erholen.

»Das war knapp«, keuchte Marie. »Um ein Haar hätten sie uns erwischt.«

»Das wäre gar nicht gut gewesen. Wir sind dem Tod gerade noch mal so von der Schippe gesprungen. Aber wieso gibt es hier Haie?«, wunderte sich Jasmin und zuckte mit den Schultern.

»Keine Ahnung, Mami. Fragen wir doch mal jemand im Hotel. Die müssten es doch wissen.«

»Komm Marie, lass uns kurz den Sand abspülen und uns ein wenig an der Luft abtrocknen. Auf diesen Schreck müssen wir ein Glas Wein trinken.«

»Du hast recht, Mom, das ist wirklich betrinkenswert. Da können wir uns gleich mal über die Haie erkundigen.«

Den Rest des Abends verbrachten Jasmin und Marie an der Hotelbar. Der Barkeeper erzählte ihnen, dass an diesem Strand immer mal Haie zu Besuch kämen, aber meistens nur, wenn es dunkel ist. An vielen Stellen am Strand hat man deswegen auch Warnschilder aufgestellt. Passiert sei aber noch nichts. Hier hätten die Haie noch Respekt vor den Menschen und schwimmen ihnen lieber aus dem Weg.

»Oh, das müssen wir im Dunkeln glatt übersehen haben«, ärgerte sich Jasmin.

Josie und Luzi nach Sevilla

Am Freitag, den 21. Juli, hatten wir nur eine relativ kurze Strecke von 145 Kilometern bis nach Sevilla vor uns. Wir fuhren ausschließlich auf der A4. Die Landschaft war ziemlich öde. Wir sahen nur trockenen Boden, Korkeichen und Olivenbäume.

Das Hotel *Fernando III* befand sich im Herzen von Sevilla, genauer gesagt im historischen Stadtviertel Santa Cruz. Unser Zimmer war sehr geräumig und hatte wieder einen Balkon, wovon wir einen fantastischen Blick auf die Stadt hatten. Das Hotel verfügte außerdem über einen Pool und eine Dachterrasse.

Da wir relativ zeitig am Vormittag in Sevilla ankamen und auch bereits einchecken konnten, hatten wir noch genügend Zeit, um uns ein wenig in der Stadt umzuschauen.

Sevilla ist die Hauptstadt der südspanischen Autonomen Region Andalusien und gilt als »Wiege des Flamencos«. Mit fast 700.000 Einwohnern ist sie die viertgrößte Stadt Spaniens. Der Legende nach wurde sie von dem griechischen Helden Herakles gegründet. Die Altstadt von Sevilla ist die größte Spaniens und auch eine der größten Altstädte Europas. Eines der bedeutendsten Wahrzeichen ist der, in der Zeit der Mauren entstandene, Alcazar-Palast.

Nur wenige Gehminuten von unserem Hotel entfernt befand sich die gotische Kathedrale Maria de la Sede von Sevilla. Sie ist die größte gotische Kirche Spaniens und eine der größten Kirchen der Welt. Seit 1987 gehört sie zum Weltkulturerbe der UNESCO. Unter anderem kann man in der Kirche das Grabmal von Christoph Columbus besichtigen. Die Kathedrale besitzt insgesamt fünf Kirchenschiffe. Von 1401 bis 1519 wurde sie auf Überresten einer im 12. Jahrhundert errichteten arabischen Moschee erbaut.

Wir mussten längere Zeit anstehen, um hereinzukommen, so lang war die Schlange der Wartenden. Doch die Wartezeit hatte sich gelohnt.

Am Nachmittag besuchten wir das Metropol Parasol, das größte Holzbauwerk der Welt, welches sich auf der Plaza de la Encarnación befindet. Die 150 Meter lange, 70 Meter breite und 26 Meter hohe Konstruktion aus Holz, Beton und Stahl ist das neue Wahrzeichen von Sevilla. Dieses gewaltige Bauwerk, bestehend aus sechs sonnenschirmartigen Strukturen mit pilzähnlicher Form, wurde durch die Säulen der Kathedrale von Sevilla und von nahegelegenen Birkenfeigenbäumen inspiriert. Nach der Kathedrale war es für mich das beeindruckendste Bauwerk von Sevilla.

Am Abend konnten wir unweit unseres Hotels zwischen mehreren Restaurants wählen. Und in fast allen Lokalen wurde mit Tapas geworben.

»Komm Luzi, dieses Restaurant macht einen guten Eindruck. Hier draußen ist noch ein Tisch frei. Heute werden wir mal Tapas essen. Hast du eigentlich gewusst, dass Sevilla als Ursprungsort der Tapas gilt?«, fragte ich Luzi, als wir am Tisch Platz nahmen..

»Tapas, was ist das denn schon wieder?«

»Tapas sind Häppchen. Kennst du keine Tapas?«

»Woher denn? Da kann man doch aber gleich Häppchen schreiben.«

»Wir sind hier in Spanien, da heißt das eben Tapas und nicht Häppchen«, klärte ich Luzi auf.

»Dann eben spanische Häppchen.«

»Ach Luzi. Sei froh, dass Marie nur Butterbirne zu dir sagt, und nicht Brotgehirn.«

»Wie meinst du das?«

»Ach lass sein. Ich wollte nur sagen, für Tapas spanische Häppchen zu sagen, wäre auch falsch.«

»Wieso sind Tapas falsche Häppchen?«

Es hatte keinen Zweck, sich mit Luzi über Tapas zu streiten.

»Komm Luzi, wir bestellen einfach mal eine Platte mit Tapas für zwei Personen. Dann kann jeder davon essen, was er möchte.«

»Meinetwegen. Aber wenn mir die Häppchen nicht schmecken, musst du sie alleine essen.«

»Probiere doch erst mal! Du weißt doch noch gar nicht, was alles auf dem Teller drauf sein wird.«

Da kam der Kellner auch schon mit den Tapas und zweimal Apfelschorle an unseren Tisch.

»Guten Appetit, Luzi.«

»Danke, ebenso.«

Auf der Platte waren 12 Tapas. Belegt waren sie mit Käse, luftgetrockneter Salami, Kartoffeln, Serano-Schinken, Hackfleischbällchen, Datteln und vor allem mit diversen Meeresfrüchten. Dazu gab es verschiedenes Gemüse, wie Tomaten, Paprika und Knoblauchpaste.

»Igitt, was ist denn das für ein Viech«, wunderte sich Luzi und zeigte auf ein spezielles Tapas.

»Das ist ein Stück von einem Kalmar.«

»Kalmar? Lebt das Tier auch im Wasser?«, fragte Luzi unwissend.

»Ein Kalmar ist ein Tintenfisch und lebt natürlich im Wasser.«

»Sowas kann man essen? Kriegt man davon nicht blaue Zähne?«

»War das jetzt ein Scherz, Luzi, oder weißt du das wirklich nicht? Der Tintensack wird vor der Zubereitung entfernt. Das hier sind die Saugnäpfe der Tentakel.«

»Diese Saugnäpfe esse ich auf keinen Fall. Das ist ja eklig.«

»Die Einen finden es eklig, für die Anderen ist es eine Delikatesse«, entgegnete ich. »Da sind ja noch viele andere Dinge auf dem Teller. Du wirst schon was finden, was dir zusagt.«

Luzi hat letzten Endes doch noch was gefunden, was ihr zusagte und ich war zufrieden. Geschmeckt hat es ganz gut, vor allem war es sehr vielfältig. Aber daran gewöhnen könnte ich mich nicht.

»In vier Tagen werden wir Bill am Flughafen abholen. Bist du schon aufgeregt?«, fragte ich

Luzi, nachdem der Kellner die Teller abge-
räumt hatte.

Luzi nickte. »Hoffentlich kommt er auch und
es ist nichts dazwischengekommen. Wir können ihn ja nicht erreichen und er uns auch
nicht. Wenn es ein Problem gäbe, hätte er ja
sicher Jasmin angerufen. Die können wir ja
nicht erreichen und sie uns auch nicht. Was für
ein Dilemma.«

»Bald werden wir es genau wissen. Du
musst immer positiv denken«, versuchte ich
Luzi zu beruhigen.

»Aber stell dir mal vor, Bill muss aus irgendwelchen Gründen einen anderen Flieger
nehmen. Das erfahren wir gar nicht. Was
dann?«, gab Luzi zu Bedenken.

»Ach Luzi, daran dürfen wir jetzt nicht denken. Falls er einen Flieger früher nimmt, wird
er auf dem Flughafen auf uns warten. Wo soll
er auch hingehen?«

»Was ist, wenn er später kommt und er uns
nicht Bescheid geben kann?«, sorgte sich Luzi.
»Das erfahren wir nicht.«

»Später kann er nicht kommen, weil an diesem Tag nur zwei Maschinen aus Amerika landen«, versuchte ich Luzi zu beruhigen. »Es

wird schon alles gutgehen. Mach dir jetzt mal nicht so viel Gedanken.«

»Dein Wort in Gottes Ohr.«

Die Tapas lagen mir noch lange Zeit schwer im Magen. Mir wurde sogar etwas übel, wenn ich an die Tentakel des Tintenfisches denken musste. Ich weiß jedenfalls, dass ich solch ein Viech nie mehr in meinem Leben essen werde.

Jasmin und Marie 1. Tag in Vinaròs

Den Freitagvormittag, des 21, Juli, nutzten Jasmin und Marie für einen kurzen Bummel durch die Altstadt von Vinaròs. Das aufregende Erlebnis mit den Haien am Vortag hatten sie gut verkraftet.

Vinaròs liegt etwa 160 nördlich von Valencia an der Costa des Azahar, was so viel wie »Küste der Orangenblüte« heißt. Mit fast 30.000 Einwohnern zählt sie zu den größten Städten der Provinz Castellon. Vor der über 200 Kilometer langen Küste befinden sich in einiger Entfernung die Balearen, deren bekannteste Inseln Mallorca und Ibiza sind.

Was Vinaròs jedoch so besonders macht, ist der Karneval. Elf Tage findet dieses Spektakel alljährlich in der Mittelmeerstadt statt. Jeder Tag beziehungsweise jede Nacht steht unter einem anderen Motto. Zum Beispiel gibt es die »Verrückte Nacht«, in der sich die Bewohner in einen wahren Festrausch stürzen oder die »Pyjama-Nacht«, wo alle Bewohner, wie es der Name schon sagt, in farbenfrohen Schlafanzügen im närrischen Treiben die Straßen der Stadt nahezu unpassierbar machen. Traditionell findet der Karneval 40 Tage vor Ostern statt.

Nach etwa zwei Stunden hatten sich Jasmin und Marie die meisten der Sehenswürdigkeiten angeschaut.

»Komm Marie, lass uns an den Strand gehen. In zwei Tagen fahren wir nach Granada. Dort gibt es keinen Strand mehr. Wir müssen die Zeit hier noch ausnutzen.«

»Oh, ja, Mom. Ich habe sowieso keine Lust mehr. In der Stadt bummeln gehen können wir auch zuhause. Aber, ob ich heute ins Wasser gehe, muss ich mir noch einmal überlegen. Ich muss immer noch an die Haie gestern denken.«

»Du hast doch gehört, dass die Haie nur im Dunkeln in die Nähe des Strandes kommen und bisher noch nicht gefährlich für den Menschen wurden. So steht es auch auf den Warntafeln. Wenn viele Menschen im Wasser sind, trauen sich die Haie nicht so weit heran.«

Der schöne goldene Sandstrand befand sich nur 250 Meter vom Hotel entfernt. Auf zwei großen Liegen und unter einem Sonnenschirm machten Jasmin und Marie es sich gemütlich. Lange blieben sie jedoch nicht dort.

»Mami, ich habe eine Idee. In unserem Hotel gibt es so einen schönen Außenpool. Wollen wir lieber dorthin gehen? Da gibt es ganz bestimmt keine Haie.«

»Wenn du möchtest. Da ist es sicher auch schön. Hoffentlich ist da noch Platz für uns.«

Am Pool im Hotel war tatsächlich wenig Betrieb. Nur ein älteres Ehepaar plantschte ziellos im azurblauen Wasser herum.

»Möchtest du auch etwas zu trinken?«, fragte Marie.

»Ja, ein Wasser. Oder warte, ich würde gern einen Cappuccino trinken.«

»Ja, da trinke ich auch einen. Ich bin gleich wieder da.«

»Denkst du manchmal noch an Harry?«, fragte Jasmin abends im Hotelrestaurant.

»Ehrlich gesagt, ja. Aber ich bereue nicht, dass es so gekommen ist.«

»Ich finde jetzt auch, dass du alles richtig gemacht hast, obwohl ich es anfangs anders gesehen habe. Wie du schon sagtest, es ist ja nichts passiert und Harry bekommt keinen Ärger.«

»Ich freue mich, dass du es jetzt auch so siehst, wie ich. – Komm, ich habe Lust, jetzt noch einmal ins Wasser zu gehen. Kommst du mit?«

»Ja, gern.«

Josie und Luzi in Sevilla

Am Samstag, den 22. Juli, schauten wir uns zunächst die Stierkampfarena an, in der 18.000 Menschen Platz finden. Sie ist nach der Madrider Stierkampfarena die größte Spaniens. Leider konnten wir sie nur von außen sehen, weil gerade ein Stierkampf stattfand.

Anschließend besuchten wir den wohl bekanntesten Platz in Sevilla, vielleicht sogar in ganz Spanien, den Spanischen Platz. Er wurde im Jahre 1929 anlässlich der Iberoamerikanischen Ausstellung im Maria Luisa Park errichtet. Der Platz wird gebildet durch ein halbkreisförmiges Gebäude, welches eine Länge von 200 Metern hat. Es symbolisiert eine Umarmung der südamerikanischen Kolonien durch Spanien. Um den Platz herum befindet sich ein Kanal von über 500 Metern Länge, der von vier Brücken überquert wird, die die vier alten Königreiche Spaniens repräsentieren sollen.

Der Spanische Platz war bereits mehrfach Schauplatz für Filmdreharbeiten, zum Beispiel für die Filme »Lawrence von Arabien« und »Star Wars: Episode II – Angriff der Klonkrieger«. Im Jahre 2017 wurde der Platz in die Liste der Schätze der europäischen Filmkultur aufgenommen.

Luzi machte einen großartigen Vorschlag: »Komm Josie, wir leihen uns ein Ruderboot aus und schippern ein wenig auf dem Kanal umher!«

»Wenn du meinst, meine Gute, aber halte dich gut fest, damit du nicht hineinfällst. Du weißt, wie tollpatschig du dich manchmal anstellst.«

»Ach was.«

Als wir nach einer reichlichen halben Stunde gerade gemütlich unter einer Brücke entlang ruderten, sprach uns plötzlich ein Mann an, der von oben auf unser Boot schaute.

»Hallo, junge Frau, sind Sie nicht die Josie, die Josie Friedrich?«, fragte er.

Ich hörte sofort auf, zu rudern.

»Ich heiße zwar Josie, aber nicht Friedrich. Ich heiße Josie Schubert.«

»Sind Sie zufällig in die 22. Schule gegangen?«

»Wenn mich nicht alles täuscht, ja, das bin ich«, antwortete ich. »Warum fragen Sie das alles?«

»Dann kennen wir uns. Ich bin der Lothar. Wir haben doch gemeinsam auf einer Bank gesessen.«

»Jetzt erinnere ich mich«, dämmerte es bei mir. »Lothar, du wolltest immer von mir abschreiben, aber ich habe mich vehement dagegen gesträubt. Das gibt es doch nicht. Erst hört man Jahrzehnte nichts voneinander und dann sieht man sich in Spanien, unter einer Brücke. Waren wir nicht auch mal für kurze Zeit befreundet?«

»Ja, das waren wir. Wollen wir uns nicht in dem Café da vorn weiter unterhalten?«, schlug Lothar vor.

»Sehr gern. Wenn du schon mal vorgehen und drei Plätze besetzen könntest. Das wäre schön.«

»Mache ich. Ich freue mich.«

Als Lothar weg war, fragte Luzi: »Ist das etwa ein alter Verehrer von dir?«

»Nicht nur das, wir waren tatsächlich sogar mal näher befreundet. Ein halbes Jahr waren wir zusammen. Damals waren wir etwa 13 Jahre. Es war eine richtige Jugendliebe. In den Sechzigern hieß ich tatsächlich noch Friedrich.«

»Da hast du aber zeitig angefangen, muss ich sagen.«

»Ach Luzi, zu dieser Zeit habe ich noch nicht an Sex gedacht. Du weißt doch, das waren damals andere Zeiten, so kurz nach dem Krieg. Ein bisschen knutschen oder fummeln, mehr war nicht.

Wir haben aber viel gemeinsam unternommen, Radtouren, Spiele, Kino usw. Es war schön. Wir konnten uns als Jugendliche beschäftigen und brauchten kein Internet und kein Smartphone dazu, nicht einmal einen Fernseher.«

»Warum habt ihr euch dann nach einem halben Jahr getrennt?«, fragte Luzi, während wir langsam zurückruderten.

»Das ist eine lange Geschichte. Vielleicht war es auch meine Schuld. Als Lothar mehr, als nur Knutschen wollte, habe ich geblockt. Das hat er nicht lange mitgemacht und plötzlich hatte er eine neue Freundin, die Bettina. Ich war sehr traurig, denn ich war ganz schön verknallt in ihn. Aber was sollte ich machen?«

»Komisch, dass Lothar alleine hier ist. Vielleicht ist er ja wieder zu haben. Ich bin mal gespannt.«

Nachdem wir das Ruderboot zurückgebracht hatten, begaben wir uns zu dem Café. Lothar erwartete uns bereits.

Zunächst einmal begrüßten wir uns und ich stellte Luzi vor.

»Hallo Luzi«, sagte Lother. »Ich darf doch ‚Du' sagen? Wir sind sicher in einem Alter.«

»Natürlich duzen wir uns. Bei uns im Heim duzen wir uns alle. Stimmt's Josie?«, scherzte Luzi. Natürlich war Luzi nicht im Heim und ich auch nicht. Manchmal haut sie aber solche Dinger raus.

»Ihr seid schon im Heim?«, fragte Lothar ganz erstaunt.

»Die alte Frau spinnt manchmal«, antworte ich umgehend. »Ich hoffe, dass uns dieses Schicksal noch eine ganze Weile erspart bleibt. Aber, man kann ja nicht wissen, was kommt. Bis jetzt hat jeder von uns immer noch seine eigene Wohnung.«

Sie können sich sicher denken, wie meine erste Frage lautete und ich stellte sie nicht ohne Hintergedanken.

»Lothar, warum bist du alleine hier?«

»Meine Frau Bettina ist vor einem Jahr plötzlich verstorben«, antwortete mir Lothar ganz traurig. »Irgendwie muss es ja weitergehen. Man braucht ja ein wenig Ablenkung. Ich habe die Reise hierher nach Andalusien über ein Reisebüro gebucht und war bis jetzt sehr zufrie-

185

den. Alles verlief planmäßig und ohne Probleme. Aber lasst uns von etwas anderem reden. Was machst du jetzt, Josie?«

»Wie du bin ich auch alleine. Friedrich ist tatsächlich mein Mädchenname, bis zu meiner Hochzeit mit Kurt. Vor ein paar Jahren ist Kurt, mein Mann, gestorben. Man wurschtelt sich halt so durch.«

»Das geht mir auch so«, sagte Lothar. »Ich wohne jetzt in Hamburg und du, und ihr.«

»Wir wohnen immer noch in unserer alten Heimat. Wir sind eben sehr bodenständig.«

Nachdem wir uns gegenseitig und sehr ausführlich unsere Lebensgeschichte erzählt hatten, fragte ich: »Was ist eigentlich deine nächste Station in Andalusien, oder bist du nur in Sevilla?«

»Unser nächstes Ziel ist Ronda«, antwortete Lothar, »danach fahren wir zur Alhambra nach Granada. Von dort aus fliegen wir wieder zurück nach Hamburg.«

»Das gibt es doch nicht. Das ist doch die gleiche Route, die auch wir vorhaben. Dann werden wir uns sicher noch öfter sehen. Wir sind mit dem Auto hier, einem Mietwagen.«

»Was? Ihr seid mit dem Auto von Deutschland nach Spanien gefahren?«, wunderte sich

Lother. »Das würde ich mir nicht mehr zutrauen. Vielleicht, wenn man zu zweit ist, wie ihr.«

»Ach was«, entgegnete Luzi. »Wenn man den festen Willen hat, schafft man alles.«

»Luzi hat recht. Im letzten Jahr haben wir eine Rundreise durch den Westen der USA gemacht und eine Menge erlebt. Das hat großen Spaß gemacht.«

»Alle Achtung. Von euch kann ich noch etwas lernen. Wollen wir uns morgen in Ronda treffen? Wir könnten uns gemeinsam die Stadt anschauen. Aber nur, wenn ihr wollt.«

»Gern, stimmt's Luzi? Das wird sicher ganz lustig. Aber musst du nicht bei deiner Reisegruppe bleiben?«

»Das ist jedem selbst überlassen. Die Fußkranken bleiben meist bei der Gruppe, der Rest kann sich frei bewegen. Nur die Essens- und Fahrzeiten sind bindend.«

»Okay, wir tauschen unsere Telefonnummern aus und rufen uns morgen an«, schlug ich vor. »Ich habe hier ein kleines Kärtchen, da stehen alle unserer Telefonnummern drauf, auch meine neue Handynummer und unsere Festnetznummern von zuhause.«

»So machen wir das, Josie. Ich muss jetzt zurück ins Hotel, sonst machen die sich Sorgen und schlimmstenfalls bekomme ich kein Abendessen mehr. Macht es gut, bis morgen und fahrt vorsichtig!«

»Ciao, Lothar.«

Nachdem wir unsere Telefonnummern ausgetauscht hatten und Lothar sich ein Stück von uns entfernt hatte, fragte mich Luzi mit einer schelmischen Miene: »Bahnt sich da eventuell was an? Ich würde mich ja freuen. Da könnten wir das nächste Mal zu viert reisen. Das wäre cool.«

Ich zuckte mit den Schultern.

»Du weißt ja selbst, Luzi. In unserem Alter ist das nicht so einfach. Da ist man nicht mehr so flexibel, wie in der Jugend. Warten wir es ab.«

»Aber abgeneigt scheinst du ja nicht zu sein, habe ich den Eindruck.«

»Ehrlich gesagt, habe ich in all den Jahren immer mal wieder an Lothar gedacht und mich auch gefragt, ob es damals vielleicht ein Fehler war, Lothar den Laufpass zu geben. Aber was soll's. Es ist, wie es ist und wie es weitergeht, werden wir sehen.«

Eigentlich wollte ich das Gespräch beenden, doch Luzi bohrte weiter.

»Du würdest dich also freuen, wenn da etwas Festes daraus wird?«

»Luzi, wir haben uns soeben erst nach sehr langer Zeit wiedergesehen. Da kann ich noch nichts sagen. Es sind Jahrzehnte vergangen. Die Zeiten haben sich verändert, wir haben uns verändert. Wir sind nicht mehr diejenigen Hippies, die wir vor mehr als Fünfzig Jahren mal waren, im Gegensatz zu dir, meine Gute.« Ich strich Luzi mit meiner Hand über ihr Gesicht und lächelte. »Die vielen Jahre haben uns geprägt, haben ganz andere Menschen aus uns gemacht. Zunächst einmal müssen wir uns wieder neu kennenlernen, uns gegenseitig beschnuppern. Kannst du das verstehen? Bei dir und Bill war es doch ähnlich. Ihr kanntest euch zwar nicht von früher, aber ihr musstet euch doch auch erst näher kennenlernen. Jetzt wisst ihr zwar, dass ihr zusammenpasst, aber es gibt noch so manche Hürde zu überwinden.«

»Das hast du schön gesagt, Josi. Mir sind gleich die Tränen gekommen.«

»Ach, Luzi. Das Leben ist nicht einfach. Komm, lass uns ins Hotel zurückgehen. Morgen geht es nach Ronda. Ich freue mich schon.«

Jasmin und Marie 2. Tag in Vinaròs

Am Samstag, den 22. Juli, war mal wieder Strandtag angesagt. Als Marie gerade ins Wasser gehen wollte, stand plötzlich Cem vor ihr.

»Cem, ich glaub es nicht, wo kommst du denn auf einmal her? Das ist ja eine Überraschung.«

Marie fiel Cem gleich in die Arme und küsste ihn.

»Ich bin einfach deinen Koordinaten nachgereist.«

»Welchen Koordinaten?«, wunderte sich Marie. »Kannst du mir das mal so erklären, dass auch ich es verstehe?«

»Ist doch ganz einfach. Du hast mir bei unserem Abschied dein Handy geben, weil etwas nicht funktionierte. Bei dieser Gelegenheit habe ich dir eine Nachverfolgungs-App installiert und gleich die Zustimmungserklärung für meine Handynummer gegeben.«

»Hey, du bist mir vielleicht ein Schlawiner. Wie bist du eigentlich hergekommen?«

»Getrampt.«

»Getrampt? Dich hat jemand mitgenommen?«, wunderte sich Marie.

»Warum nicht? Meist waren es sogar Deutsche. Alles Gucci[24] bei dir?«

»Ja, bei uns ist alles in Ordnung. Morgen werden wir ja hoffentlich Oma in Granada treffen. Hast du eigentlich schon ein Zimmer?«, fragte Marie Cem.

»Nein.«

»Da fluffst[25] du hier so rum.«

»Ich wollte dich erst begrüßen. Freust du dich denn nicht?«

»Ja, mega. Wieso hast du so schnell Urlaub bekommen?«

»Ich habe meinem Chef von eurem Problem mit dem Mietwagen erzählt. Das hat er gleich eingesehen. Er weiß, dass ich ehrlich bin und, dass man sich auf mich verlassen kann.«

»Stimmt, ich habe dir ja mehrmals von unserem Problem mit dem Mietwagen geschrieben. Das ist ja cool. Du erklärst dich bereit, Omas und Josies Mietwagen zurückzufahren?«

»Na klar, wenn ich euch damit helfen kann?«

»Das ist ja mega, ich freue mich. Ich bin ja mal gespannt, ob Mom das auch so sieht.«

---

[24] Alles klar bei dir?
[25] Völlig entspannt in der Gegend herumlaufen

»Mit ihr komme ich schon klar. Jetzt kümmere ich mich erst einmal um ein Zimmer.
Möchtest du mitkommen?«

»Das geht leider nicht. Ich muss hier auf
Mom warten. Sie muss jeden Moment kommen.
Vielleicht ist es besser, wenn sie dich erst heute
Abend sieht. Hier in Vinaros gibt es ein gutes
Restaurant. Siehst du, da vorn ist es?«, Marie
zeigte mit dem Finger zu dem Restaurant, das
sich gleich neben ihrem Hotel befand. »Dort
waren wir gestern schon essen. Wir werden
sicher heute wieder dort sein. Besorge dir in
aller Ruhe ein Zimmer und heute Abend sehen
wir uns.«

»Okay, das ist cool«, freute sich Cem. »Wann
werdet ihr dort sein?«

»Ich denke so gegen acht Uhr.«

»Abgemacht. Also bis heute Abend, Marie.
Ich freue mich.«

Marie fiel es ein wenig schwer, die Nachricht
von Cems Ankunft bis zum Abend geheim zu
halten. Sie hatte große Mühe damit, sich nicht
aus Versehen zu versprechen. Aber sie schaffte
es.

Geschickt sorgte Marie dafür, dass sie am
Abend mit ihrer Mutter wieder in das gleiche

Restaurant, wie schon am Vortag, gingen. Die Auswahl an Restaurants war eh nicht so groß. Als sie gerade die Speisekarte studierten, kam Cem an ihren Tisch.

»Hallo.«

Jasmin war sehr erschrocken, doch sie ahnte bereits, wer da so plötzlich vor ihnen stand. Sie schaute Marie fragend an, die so gar nicht überrascht wirkte.

»Mom, darf ich vorstellen? Das ist Cem. Cem, das ist meine Mom.«

»Hi, Cem, ich freue mich Sie kennenzulernen. Wo kommen *Sie* denn auf einmal her?«, wunderte sich Jasmin.

»Marie schrieb mir von ihrem Problem mit dem Mietwagen. Und, da Marie keine Fahrerlaubnis hat, habe ich mir gedacht …«

»Oh, das ist ja prima. Sie sind unsere Rettung in höchster Not.«

»Ja, wir sehen uns dann morgen. Da gehe ich mal wieder.«

»Nein, Cem. Bleiben Sie doch hier, Cem. Wir können uns ruhig duzen. Ich bin Jasmin.«

»Cem Yilmaz.«

»Yilmaz?«

»Ja, mit Ypsilon am Anfang. Ein typisch türkischer Name. Etwa vergleichbar mit Müller in Deutschland.«

»Das finde ich ja interessant. Dann hast du ja in etwa den gleichen Nachnamen, wie meine Mutter.«

»Ja, im Ernst?«

Jasmin nahm Maries Hand.

»Marie, du hast es bereits gewusst, dass Cem hier ist, oder?«

»Ich habe Cem heute Morgen am Strand getroffen. Bis dahin wusste ich auch nichts. Ich war auch überrascht, als er plötzlich vor mir stand.«

»Wie hast du rausbekommen, wo wir uns befinden?«, fragte Jasmin.

»Ach Mom, das ist eine lange Geschichte. Das erzähle ich dir ein anderes Mal«, kam Marie Cem zuvor. »Cem möchte gern etwas über sein Leben berichten.«

Damit hatte Marie Cem überrumpelt. Doch es machte ihm nichts aus.

Cem erzählte zunächst kurz über sein Leben. Er erzählte auch von seinen Eltern, wie sie vor Jahren nach Deutschland gekommen sind, nur mit einem Koffer, und wie sie anfangs mit Fremdenfeindlichkeit zu kämpfen hatten.

Jasmin hörte gespannt zu und Marie freute sich. Sie wusste genau, dass Cem es geschafft hatte, endgültig das Herz ihrer Mutter zu erobern.

»Ich gehe mal davon aus, dass wir morgen zu dritt nach Granada fahren«, sagte Jasmin.

Marie lächelte zunächst, dann drückte sie ihre Mutter und gab ihr einen Kuss auf die Wange.

»Danke Mom. Du bist die Beste.«

»Cem, suche dir was Vegetarisches in der Karte aus. Du bist heute Abend unser Gast.«

»Oh, Danke.«

Josie und Luzi nach Ronda

Am Sonntag, den 23. Juli, ging es für Luzi und mich nach Ronda. Die Fahrt über die Landstraßen war recht kurz und die Landschaft wieder sehr öde. Doch in Ronda wurden wir entschädigt. Das Hotel im Stadtzentrum mit dem Namen *Catalonia Ronda* war das Beste, was wir auf unserer Rundreise hatten. Auf der Dachterrasse, wo sich ein Infinity-Pool und ein Whirlpool befanden, hatten wir eine herrliche Aussicht auf die Stierkampfarena und die Schlucht El Tajo. Der einzige Nachteil war, dass es im Hotel keine Parkmöglichkeiten gab. Parken mussten wir in einem nahegelegenen Parkhaus, wo es pro Tag 15 Euro kostete. Aber für einen Tag kann man sich das schon mal leisten. Man gönnt sich ja sonst nichts.

Ronda liegt in der andalusischen Provinz Malaga, auf einer Höhe von 723 Metern über dem Meeresspiegel. Mit etwa 35.000 Einwohnern zählt die Gemeinde Ronda zu den »weißen Dörfern« Andalusiens.

Die maurisch geprägte Altstadt von Ronda liegt auf einem rundum steil abfallenden Felsplateau. Sie ist vom jüngeren Stadtteil durch eine knapp 100 Meter tiefe Schlucht getrennt.

Der Abgrund wird von drei Brücken überspannt (»Arabische Brücke«, »Neue Brücke«, »Alte Brücke«).

Für die Spanier hat Ronda wegen seiner Rolle in der Entwicklung des Stierkampfes eine große Bedeutung. Die Familie Romero entwickelte hier im 18. Und 19. Jahrhundert jene Regeln (»Ronda-Schule«), nach denen heute noch gekämpft wird.

Am frühen Nachmittag standen wir vor der berühmten Stierkampfarena. An diesem Tag fand gerade ein Stierkampf statt. Die Karten dafür waren jedoch bereits ausverkauft. Ich nahm mein Handy und rief Lothar an.

»Hallo Lothar, wie sieht es bei dir aus? Wollen wir uns treffen, oder hast du es dir anders überlegt?«, fragte ich ihn.

»Sehr gern, Josie, und wo? Ronda ist ja nicht sehr groß.«

»Wir stehen gerade unmittelbar vor der Stierkampfarena.«

»Das ist super. Ich wohne in dem Hotel gegenüber. Ich bin in fünf Minuten bei euch.«

»Das gibt es doch nicht. In diesem Hotel wohnen wir doch auch. Warum haben wir uns noch nicht gesehen? Noch nicht einmal beim Frühstück.«

»Ich habe keine Ahnung. Vielleicht haben wir uns immer nur kurz verfehlt. Hier ist ja morgens eine ziemliche Wuselei am Frühstücksbuffet.«

Es dauerte tatsächlich nur etwa fünf Minuten, da stand Lothar auch schon vor uns und hatte sehr gute Laune.

»Hallo ihr zwei, habt ihr gut geschlafen?«, fragte Lothar lächelnd.

»Also ich schlafe immer gut«, antwortete ihm Luzi. »Ich würde nicht einmal Einbrecher bemerken.«

»Ich habe auch gut geschlafen. Konntest du dich von deiner Gruppe freimachen?«, wollte ich wissen.

»Das war gar kein Problem. Einige von ihnen sind zum Stierkampf gegangen. Stierkämpfe sind aber so gar nicht mein Ding. Ich mag es nicht, wenn Tiere zum Vergnügen von Menschen getötet werden. So etwas hat man damals bei den Römern gemacht, aber nicht in der heutigen Zeit. Das muss doch nicht sein. Oder was sagt ihr?«, fragte uns Lothar.

»Ich hätte mir gern mal einen Stierkampf in Natura angesehen«, meinte Luzi. »Aber eigentlich hast du recht, Lothar. Da werden Tiere absichtlich getötet und die Menschen klatschen noch. Das ist schon ein wenig pervers.«

»Da sind wir ja einer Meinung, Lothar«, sagte ich. »Ich bin froh, dass du auch so denkst. Tiere töten zur Unterhaltung von zahlenden Zuschauern ist einfach nicht mehr zeitgemäß und müsste sofort verboten werden.«

»Du sagst es Josie. Ich habe gelesen, dass es Gegenden gibt, wo man Stierkämpfe bereits stark reglementiert hat«, wusste Lothar zu berichten.

»Das stimmt, Lothar, aber lediglich auf den Balearen wurde das Töten und Verletzen von Tieren während eines Stierkampfes verboten, und zwar in diesem Jahr«, konkretisierte ich Lothars Aussage. »Auch dürfen nur noch drei Tiere für jeweils zehn Minuten durch die Arena gejagt werden. Das ist ja schon mal ein Anfang.«

»Das habe ich auch gehört«, pflichtete mir Lothar bei. »Eine Zeit lang war das Töten von Tieren bei einem Stierkampf auch in Katalonien verboten. Inzwischen wurde dieses Verbot jedoch wieder aufgehoben. Komplett verboten ist der Stierkampf nur auf den Kanarischen Inseln.«

»Ich glaube, in Deutschland wären Stier-kämpfe undenkbar«, ergänzte ich.

»Da muss ich dir recht geben. Bei uns würde es keine Stierkämpfe geben. Das würden die Tierschützer mit Sicherheit zu verhindern wissen. Und das ist auch gut so«, stimmte mir Luzi zu und Lothar nickte.

»Gott sei Dank! Was wollen wir jetzt machen? Habt ihr einen Vorschlag?«, fragte Lothar.

»Gehen wir doch zunächst mal zur Schlucht. Das sind nur wenige Meter und ein unbedingtes Muss für alle Touristen. Danach können wir in der Fußgängerzone ein wenig bummeln und etwas essen«, schlug ich vor.

»Einverstanden«, sagte Lothar. »Machen wir das. Für mich ist sowieso alles neu hier. Vielleicht treffe ich welche aus meiner Reisegruppe, die nicht zum Stierkampf gegangen sind. Die werden sich wundern, dass ich mit zwei attraktiven Frauen bummeln gehe. Da werde ich sicher heute Abend eine Menge Fragen beantworten müssen. Aber das ist mir egal.«

»Danke für das Kompliment. Die werden sicher denken, dass du ein *ganz* schlimmer Finger bist«, meinte Luzi.

»Luzi, das sagt man nicht!«, tadelte ich sie.

»Ach was, Lothar weiß doch, wie ich das meine. Oder, Lothar?«

Lothar nickte und lachte. »Mittlerweile hab ich dich schon ein wenig kennengelernt, Luzi.«

Der Abstieg zu Schlucht war ja noch zu verschmerzen, aber der Aufstieg. Ich kann Ihnen sagen, wenn man nicht so gut zu Fuß ist, sollte man sich die Schlucht lieber von oben betrachten. Meiner Luzi hat es dagegen überhaupt nichts ausgemacht. Manchmal ist sie ja etwas schusselig, aber diese Schlucht bewältigte sie, wie eine Gazelle.

Lothar hatte sich auch tapfer geschlagen. Ich war jedenfalls froh, als wir wieder oben angekommen waren und gemütlich in der Fußgängerzone auf einer Ebene bummeln konnten.

Im Zentrum von Ronda findet man viele malerische Straßen mit Bögen und Säulen, Kassetten und Arabesken. Am Marktplatz von Ronda entdeckten wir ein Restaurant, wo wir gemütlich Kaffeetrinken konnten.

»Josie, ich bin froh, dass wir uns durch Zufall wiedergesehen haben«, freute sich Lothar,

»Du weißt doch, Lothar, es gibt keine Zufälle«, entgegnete ich.

»Ich hoffe, dass wir uns in Deutschland nicht wieder aus den Augen verlieren. Manchmal lernt man ja auf Reisen Leute kennen, mit denen man freundschaftlich den Urlaub verbringt. Aber sobald man wieder zuhause ist, ist es vorbei mit der Freundschaft. Bei uns sind die Umstände ja ein klein wenig anders.«

»An mir soll es nicht liegen«, sagte ich und insgeheim freute ich mich, Lothar getroffen zu haben. Dann rutschte mir ein Satz raus, bei dem ich bis heute nicht weiß, ob ich ihn in diesem Augenblick hätte sagen sollen. »Schließlich war ich ja als junges Mädchen mächtig in dich verknallt.«

Lothar schaute mich mit freudigen und zugleich überraschten Augen an.

»Das hast du aber schön gesagt, Josie. Ich habe mich damals sehr darüber geärgert, dass du mir den Laufpass gegeben hast. Ich musste mir schnell etwas suchen, um über diese Trennung hinwegzukommen. Dann lernte ich wenig später zufällig Bettina kennen. Sie half mir sehr, den Trennungsschmerz rasch zu überwinden.«

»Tut mir leid, Lothar. Aber was geschehen ist, ist geschehen. Rückgängig machen können wir es nicht mehr.«

»Als wir uns gestern wiedergesehen haben, kam es mir so vor, als hätte es die Zeit zwischen unserer Trennung und gestern nie gegeben. Du hast dich kaum verändert. Ich habe dich sofort wiedererkannt«, sagte Lothar.

»Mir ging es auch so«, pflichtete ich ihm bei.

Lothar nahm meine Hand. »Josie, das klingt vielleicht etwas sonderbar, aber was hältst du davon, wenn wir es noch einmal miteinander versuchen. Schau, du bist alleine, ich bin alleine, wir sind um die Siebzig. Sehr viel Zeit bleibt uns nicht mehr im Leben. Ich habe den Eindruck, dass die Chemie zwischen uns stimmt. Und so weit auseinander wohnen wir auch nicht.«

»Lothar, das kommt jetzt etwas überraschend für mich«, reagierte ich auf seinen fast überfallartigen Vorschlag. »Ich weiß nicht. Du hast sicher recht, dass uns nicht mehr viel Zeit bleibt. Trotzdem will diese Entscheidung gut überlegt sein. Lass mir bitte etwas Zeit. Ich muss mal darüber nachdenken.«

»Josie, ich wollte dich nicht überrumpeln. Überlege es dir in Ruhe. Ich muss jetzt sowieso wieder zu meiner Reisegruppe. Zunächst ist Abendessen angesagt, danach wird uns gesagt, wie es in den nächsten Tagen weitergeht. Morgen können wir uns gern in Granada treffen, wenn es euch nichts ausmacht. Ich erwarte auch morgen noch keine Entscheidung von dir, Josie.«

»Sehr gern, Lothar«, freute ich mich. »Wir machen das wie heute Morgen. Wir rufen wieder an.«

Lothar verabschiedete sich und Luzi sagte gleich danach zu mir: »Höre ich da etwa schon die Hochzeitsglocken läuten?«

»Ach Luzi, ich weiß nicht, was ich davon halten soll. Bin ich nicht zu alt dafür?«

»Ach was, zu alt. Da wäre ich ja auch zu alt für Bill.«

»Immerhin bist du fünf Jahre jünger, als ich.«

»In unserem Alter ist das doch gar nichts. Wenn du mich fragst, Josi, ich habe den Eindruck, dass ihr hervorragend zusammenpasst. Diese Chance solltest du nutzen. So eine Chance bekommst du nie wieder. Das kannst du mir glauben. Ich kenne mich gut aus, bei Männern.«

»Danke, Luzi, dass du mir so gut zuredest. Ich werde es mir überlegen. Lass uns noch ein wenig durch die Altstadt bummeln gehen. Es gibt viele Geschäfte, die wir uns noch nicht angesehen haben. Ich suche auch noch ein kleines Andenken für meinen Nachbarn. Der bringt mir auch immer etwas mit. Das landet dann aber meist im Mülleimer. Männern fehlt es eben manchmal etwas an Ideen.«

Am Abend entschieden wir uns dafür, in unserem Hotel zu speisen. Dort warb man mit typisch andalusischen Speisen. Lothar saß mit seiner Gruppe im Raum nebenan und unsere Blicke kreuzten sich ab und zu. Ich hätte gern noch ein wenig mit Lothar gequatscht, aber es ging ja leider nicht.

»Luzi, morgen fahren wir endlich nach Granada. Freust du dich?«, fragte ich sie.

»Und wie. Gibt es dort auch Häppchen?«

»Mal sehen. Granada war doch mal Arabisch. Vielleicht gibt es Hummus.«

»Ach was. Blumenerde essen die hier auch? Ich dachte schon, das Eichelschwein ist das Schlimmste. Aber, wie heißt das Zeug nochmal?«

»Hummus heißt das. Hummus ist ein Mus von pürierten Kichererbsen«, klärte ich Luzi auf.

»Kichererbsen? Das ich nicht lache.«

»Komm, Luzi, ab ins Bett! Mit dir blamiert man sich ja.«

Jasmin und Marie nach Granada

Am Sonntag, den 23. Juli hatten Jasmin und Marie den längsten Abschnitt ihrer Reise vor sich. Von Vinaròs ging es über 650 Kilometer bis nach Granada. Den größten Teil der Strecke fuhren sie auf der A-7 und der AP-7.

An diesem Tag hatten sie einen Mitfahrer mehr an Bord, Cem. Er saß mit Marie auf der Rückbank und sagte die ersten Kilometer kein einziges Wort. Sicher wusste er nicht so recht, wie er sich verhalten sollte. Schließlich war er an diesem Tag das erste Mal für längere Zeit mit Jasmin zusammen.

Aber auch für Jasmin war es eine ungewohnte Situation. Deshalb wollte sie etwas Stimmung und gute Laune verbreiten.

»Ich bin froh, dass wir morgen Oma und Josie treffen werden«, sagte Maries Mutter. »Da hat der Stress endlich ein Ende. Und dir, Cem, möchte ich ganz lieb danken. Das meine ich wirklich ernst. Das ist wirklich sehr lieb von dir, dass du den Mietwagen von meiner Mutter wieder nach Deutschland bringen möchtest.«

»Das tue ich doch gern, Jasmin. Als Marie mir das Problem mit dem Mietwagen whatsappte, bin ich umgehend zu meinem Chef gegangen und habe um Urlaub gebeten. Mein Chef hat es sofort eingesehen. Er weiß, dass ich ihn noch nie belogen habe. Im Sommer ist eh nicht viel los auf der ITS. Das habe ich auch schon Marie erzählt. Man darf seine Freunde nicht im Stich lassen. So bin ich jedenfalls von meinen Eltern erzogen worden.«

»Cem, du hast ja ein richtig gutes Herz. Tut mir leid, dass ich anfangs so schlecht von dir gedacht habe.«

»Das bin ich gewöhnt. Ich nehme es dir auch nicht übel. Ich bin nicht nachtragend. Für mich ist es ungeheuer wichtig, dass du deine Meinung geändert hast. Das rechne ich dir hoch an. Das bringen nicht viele übers Herz. Es gibt viele Menschen, die voller Hass sind und die es auch ewig bleiben werden. Derartige Menschen ignoriere ich einfach.«

»Das machst du richtig, Cem. Das würde ich auch so machen«, gab ihm Jasmin recht.

»Stellt euch vor, solchen Menschen begegne ich sogar im Krankenhaus. Sie hassen und beschimpfen mich. Aber ich helfe ihnen trotzdem. Ich mach da keine Unterschiede. Alle Menschen sind für mich gleich. Ich überlege manchmal, was wohl der Grund ihres Hasses sein würde. Oft komme ich zu dem Schluss, dass es in

Wirklichkeit ganz arme Seelen sind, die vielleicht vom Leben enttäuscht wurden.«

»Es sind vielleicht auch Menschen, die mit ihrem Leben nicht klar kommen«, ergänzte Jasmin.

»Sicher. Manchmal schaffe ich es sogar, sie zu überzeugen und vom Hassen abzubringen«, freute sich Cem und lächelte. »Es ist sogar schon vorgekommen, dass Menschen, die mich anfangs hassten, später meine besten Freunde wurden. Ja, so ist das manchmal im Leben.«

»Das, was du da gerade gesagt hast, deine Erfahrungen im Krankenhaus, war sehr interessant. Wenn nur alle Menschen so denken würden, wie du.

Da vorn kommt eine Raststätte. Wollen wir kurz anhalten und einen Kaffee trinken? Ich muss sowieso tanken.«

»Okay, Mom. Das machen wir, ich muss nämlich mal ganz dringend«, meldete sich Marie zu Wort.

»Und ich hole uns drei Kaffee«, schlug Cem vor. »Wer möchte Milch und Zucker?«

»Wir beide, bitte mit alles«, scherzte Jasmin.

Nach dem kurzen Stopp an der Raststätte buchten sie schnell noch ein Zimmer für Cem in

ihrem Hotel. Sie hatten großes Glück, Cem bekam das letzte freie Zimmer.

Erst am späten Abend kamen sie in Granada
an. Es war gerade noch Zeit um in einem
Schnellrestaurant etwas zu essen, dann fielen
sie müde in ihr Bett.

Josie und Luzi nach Granada

Auf diesen Montag, den 24. Juli hatten wir uns lange gefreut. Nach dem fabelhaften Frühstück im Hotel *Catalonia Ronda*, machten wir uns auf den Weg nach Granada. Lothar und seine Reisegruppe waren schon längst unterwegs. Busse fahren ja auch etwas langsamer.

Es war nicht nur die Freude auf die Alhambra, ein weiterer Höhepunkt sollte das Wiedersehen mit Bill sein. Luzi merkte man die Aufregung an. Während der dreistündigen Fahrt sprach sie kaum ein Wort und wenn, dann nur von Bill. Endlich konnte sie mal wieder ein paar Tage mit ihm verbringen.

Auf den Straßen war wenig Verkehr. Die reichlich 200 Kilometer vergingen wie im Fluge. Unterwegs überholten wir den Bus, in dem Lothar saß. Wir konnten ihm sogar zuwinken.

Als wir uns Granada näherten, sahen wir schon von weitem die Alhambra auf dem Albaicín-Hügel thronen. Wir hatten unser großes Ziel erreicht.

Das Zentrum von Granada, wo sich unser Hotel *Eurostars Puerta Real* befand, war nur 15 Gehminuten von der Alhambra entfernt. Von unserem Zimmer aus hatten wir einen fast unverbauten Blick auf das Wahrzeichen von Granada.

Nachdem wir uns etwas frisch gemacht hatten, wollten wir uns die Altstadt von Granada anschauen. In dem Moment, als wir das Hotelzimmer verlassen wollten, klopfte es an die Tür. Ich öffnete und traute meinen Augen nicht.

»Jasmin, Marie, was macht ihr denn hier?«, fragte ich und fiel fast aus allen Wolken. »Das ist ja eine Überraschung. Wie seid ihr hierhergekommen? Ist was passiert?«

»Hallo Mutti, hallo Josie«, begrüßte uns Jasmin. »Schön, dass wir euch endlich getroffen haben. Es gibt eine Menge Neuigkeiten. Ich sehe, ihr wollt gerade gehen. Lasst uns doch zusammen in die Altstadt gehen und dort ein Glas Wein trinken, dann erzählen wir euch alles.«

»Okay, du machst es ja spannend«, wunderte sich Luzi.

Im Hotelfoyer wartete noch Cem auf uns.

»Josie, Omi, das ist Cem. Ich glaube, ihr kennt euch auch noch nicht«, stellte Marie ihren neuen Freund vor.

»Hallo Cem, ich freue mich«, begrüßte ich Cem.

Auch Luzi gab ihm zur Begrüßung die Hand.

»Hallo, wie war gleich der Name?«, fragte sie.

»Cem, wie Özdemir.«

»Oh, mein Gott, auch das noch«, Luzi verdrehte die Augen und Cem lachte.

»Luzi, wir wollten uns doch in der Altstadt mit Lothar treffen. Dem müssen wir wohl jetzt absagen.«

Luzi schaute mich an. »Das tut mir leid, Josie. Da wird er sehr traurig sein.«

Ich wählte umgehend Lothars Nummer.

»Hallo Lothar, ich habe eine schlechte Nachricht«, sagte ich zu ihm.

»Ist etwas Schlimmes passiert?«, fragte er sofort, als ob er es bereits geahnt hätte.

»Luzis Tochter Jasmin ist unerwartet in Granada eingetroffen, zusammen mit ihrer Tochter Marie. Ich weiß noch nicht, was passiert ist, aber umsonst machen die nicht die lange Reise. Wir wollen jetzt in die Altstadt gehen, wo sie uns alles genau erzählen wollen. Sobald ich mehr weiß, rufe ich dich noch einmal an. Einverstanden?«

»Ja, Josie, hoffentlich ist es nichts Schlimmes. Ich mache mir Sorgen. Sage mir bitte sofort Bescheid, wenn du Genaueres weißt!«

»So schlimm wird es schon nicht sein«, versuchte ich Lothar zu beruhigen. »Ich habe da so eine Ahnung, ein Bauchgefühl. Ich möchte aber noch nichts verraten.«

»Okay, Josie, ich möchte nicht weiter stören. Wir hören uns. Ciao bis nachher.«

Wir, also ich, Luzi, Jasmin, Marie und Cem liefen einige Minuten durch die Altstadt und fanden schnell ein gemütliches Restaurant mit Freisitz. Bei uns würde man Biergarten sagen.

Nachdem wir bestellt hatten, drängelte ich: »Nun fang endlich an. Was treibt Euch nach Andalusien und auch noch ausgerechnet zu uns?«

»Wie soll ich anfangen?«, fragte Jasmin. »Wir haben eine gute und eine schlechte Nachricht. Ich fange mal mit der Schlechten an. Bill kommt nicht nach Granada. Er hat kurzfristig abgesagt.«

Luzi war, wie vor den Kopf gestoßen. Sie konnte es kaum fassen und tat mir so leid. Sie hatte sich so sehr auf Bill gefreut.

»Was sagst du da? Im Ernst? Warum nicht?«, fragte Luzi mit einem sehr traurigen Gesicht.

»Ist er krank oder will er nichts mehr von mir wissen?«

»Weder noch. Der Grund ist ein ganz anderer. Bill wollte es dir selbst sagen, Mutti, aber er hat dich nicht erreicht. Hier ist übrigens dein Handy. Wir haben es in deiner Wohnung gefunden. Es lag auf dem Fußboden. Es muss dir irgendwo rausgefallen sein.«

»Oh, prima, Danke. Jetzt habe ich endlich wieder meine Telefonnummern. Was ist mit Bill? Warum hat er abgesagt?«, fragte Luzi besorgt.

»Mit Bill ist alles in Ordnung. Da brauchst du dir keine Sorgen zu machen. Und jetzt gleich die gute Nachricht.«

Jasmin machte eine Pause und schaute Marie an. Dann holte sie ein Taschentuch aus ihrer Handtasche und fing an zu weinen.

»Warum weinst du?«, fragte Luzi besorgt. »Es ist doch etwas passiert.«

»Nein, Mutti, Bill hat einen Hochzeitstermin für euch beide vereinbart. Josie soll deine Trauzeugin sein.«

Luzi war so überrascht, dass sie nicht wusste, was sie sagen sollte. Sie schaute mich fragend an.

»Ist das jetzt wahr oder wollt ihr uns alte Frauen veralbern?«

»Das ist wahr, Omi«, sagte Marie. »Freu dich doch! Das Problem ist, dass der Termin schon in einer Woche, also am Montag, den 31. Juli, ist, und zwar in Las Vegas.«

Jetzt musste auch Luzi weinen und auch mir kamen die Tränen.

»Ach was, Las Vegas? Ich krieg die Krise. Was machen wir nun?«, fragte Luzi. »Heute ist Montag, der 24. Juli, und wir sind jetzt in Spanien. Wie sollen wir das bis dahin schaffen?«

»Passt auf, ihr beiden! Wir haben uns das folgendermaßen gedacht: Am Mittwoch fliegt ihr von hier, also von Granada, nach Deutschland. Marie wird euch dabei begleiten. Die Tickets sind hier.«

»Oh«, wunderte sich Luzi, »ihr habt schon die Flugtickets?«

»Am Donnerstag habt ihr den ganzen Tag Zeit, eure Koffer zu packen. Und am Freitag geht bereits euer Flug nach San Francisco. Dort holt euch Bill vom Flughafen ab und am nächsten Tag fahrt ihr mit ihm nach Vegas.«

»Josie, was sagst du dazu? Das ist ja wie im Traum. In Las Vegas heiraten. Dass ich das noch erlebe. Ist das geil«, freute sich Luzi wie ein kleines Kind.

»Hast du nicht immer gesagt, dass du gern in Las Vegas heiraten möchtest?«, fragte ich. »Vielleicht ist Elvis ja auch da.«

»Ach was. Ich denke, der Typ ist schon lange tot. Hast *du* jedenfalls immer gesagt.«

»Mutti, am besten, du rufst Bill selbst mal an und sprichst mit ihm alles ab«, schlug Jasmin vor. »Du hast ja jetzt dein Handy wieder.«

»Wenn wir am Mittwoch nach Deutschland fliegen, was wird dann mit unserem Mietwagen?«, fragte Luzi besorgt.

»Das haben wir schon alles geklärt«, sagte Jasmin. »Cem wird ihn nach Deutschland zurückfahren und nächsten Montag, wie geplant, der Mietwagenfirma übergeben.«

»Das ist aber lieb von dir, Cem«, freute sich Luzi.

Jasmin hielt Luzis Hand.

»Du siehst Mutti, deinem Glück steht nun nichts mehr im Wege.«

»Aber ...«, Luzi stutzte.

»Was aber, Oma?«, fragte Marie.

»Und dann?«

»Wie und dann?«

»Na, dann, nach der Hochzeit. Wie soll das mit uns weitergehen?«, fragte Luzi.

Jasmin zuckte mit den Schultern. »Das müsst ihr schon selbst regeln. Dabei können wir euch nicht helfen.«

»Ich weiß es nicht«, zuckte Luzi mit den Schultern.

»Mach jetzt bloß keinen Rückzieher, Omi. Es ist alles bis ins kleinste Detail vorbereitet«, sorgte sich Marie.

»Pass auf, Mutti. Wir gehen jetzt zurück ins Hotel, du rufst Bill an und ihr sprecht euch aus, wie es mit euch nach der Hochzeit weitergehen soll. Einverstanden?«

»Okay, so machen wir es«, sagte Luzi.

»Morgen früh beim Frühstück, sagst du uns, wie das Gespräch mit Bill ausgegangen ist«, sagte Jasmin. »Eine schlechte Nachricht haben wir aber doch noch.«

Luzi schaute ganz entsetzt.

»Sagt nicht, dass das alles nur ein Scherz war.«

»Nein, Mutti, wir haben auf die Schnelle vergessen jemand fürs Blumengießen zu engagieren. Einige von deinen Pflanzen werden es wohl nicht überleben.«

»Wenn es weiter nichts ist«, meinte Luzi. »Dann kaufen wir eben neue Pflanzen. Die Gärtnereien wollen schließlich auch leben. Dann kommt endlich mal wieder etwas Frisches in meine Wohnung, außer mir.«

Als sie wieder im Hotelzimmer waren sagte Luzi: »So, und jetzt rufe ich Bill an. Josie, du sollst alles mithören, damit ich nichts vergesse, wenn ich morgen Jasmin und Marie berichten soll.«

»Na, mach schon. Ich bin neugierig. Danach muss ich mich noch einmal bei Lothar melden. Er wird sicher schon warten.«

Luzi wählte Bills Nummer.

»Hallo Luzi. Ich freue mich, deine Nummer auf dem Display zu sehen. Ich habe ja sehr lange nichts von dir und Josie gehört und mir schon Sorgen gemacht. Wie geht es dir? Du hast sicher bereits alles von Jasmin erfahren. Deshalb brauche ich dir nichts mehr erklären. Ich hoffe, du bist mir nicht böse, dass ich nicht nach Granada gekommen bin.«

»Hallo Bill. Nein, ich bin dir nicht böse. Das kam nur etwas plötzlich. Ich weiß gar nicht, was ich sagen soll. Du hast mir ja noch nicht einmal einen Heiratsantrag gemacht.«

»Stimmt. Das kann ich gern nachholen, auch wenn es am Telefon etwas unromantisch ist. Luzi, möchtest du mich heiraten?«

Luzi atmete tief ein, schloss für einen Moment ihre Augen und lächelte dann. Bill konnte ihre Reaktion nicht sehen.

»Ja, Bill, ich will«, sagte Luzi schließlich. »Aber …«

»Was bedeutet dieses ‚ABER‘? Freust du dich nicht?«, fragte Bill besorgt.

»Doch, Bill, ich freue mich sehr, aber …«

»Sag mir bitte, wenn du irgendwelche Bedenken hast! Oder möchtest du mich gar nicht heiraten?«, fragte Bill neugierig.

»Doch Bill. Ich habe auf deine Frage doch mit einem ‚Ja‘ geantwortet. Und dazu stehe ich. Aber wie soll es mit uns beiden nach der Hochzeit weitergehen?«

»Darüber habe ich mir natürlich auch Gedanken gemacht. Du meinst sicher, ob wir zusammenziehen werden und wo wir wohnen werden? Ich habe einen Vorschlag, Luzi. Der wird dir sicher gefallen.«

»Ja, Bill, und der wäre?«

»Pass auf! Da ich durch meine Eltern mehr mit Deutschland verbunden bin, als du mit

Amerika, würde ich gern zu dir nach Deutschland ziehen.«

Luzi strahlte und schaute überrascht.

»Oh, damit hätte ich jetzt nicht gerechnet. Wie kamst du auf einmal auf diese Idee?«

»Ganz einfach«, antwortete Bill umgehend. »Als ich im letzten Jahr bei dir war und wir durch halb Deutschland gereist sind, hatte ich so ein Deja-vu. Überall hatte ich das Gefühl schon mal da gewesen zu sein. Ich habe mich sehr wohl gefühlt. Deshalb habe ich mich dazu entschieden, mit dir zusammen in Deutschland zu wohnen.«

Luzi kamen die Tränen. Sie wusste gar nicht, wie sie darauf reagieren sollte.

»Luzi, bist du noch dran? Du sagst gar nichts«, wunderte sich Bill. »Was sagst du zu meiner Entscheidung?«

»Ich bin sprachlos, Bill. Damit hätte ich jetzt nicht gerechnet.«

»Du bist also damit einverstanden?«, fragte Bill.

»Ja, Bill, natürlich bin ich damit einverstanden und freue mich sehr.«

»Okay, dann bereden wir doch alles am Freitag, wenn ihr nach Frisco kommt. Am Samstag fahren wir zusammen nach Vegas und danach habe ich noch ein paar weitere Überraschungen für uns drei vorbereitet.«

»Oh, für Überraschungen sind wir immer zu haben. Stimmt's Josie?«

Ich nickte zustimmend und hob den Daumen.

»Dann bis Freitag, Bill. Ciao.«

»Macht's gut, ihr beiden und richtet euch auf mindestens drei ereignisreiche Wochen ein!«

»Drei Wochen? Was hast du vor mit uns? Das ist ja spannend.«

»Überraschung.«

Dann legten sie auf.

»Hast du gehört, Josie? Bill hat eine Überraschung für uns. Was das wohl sein wird?«

»Bill ist alles zuzutrauen. Am Ende landen wir noch in Hawaii.«

»Hawaii? Das glaube ich nicht. Dort gibt es doch kein Bier«, scherzte Luzi. »Da möchte ich gar nicht hin.«

»Du machst Spaß, Luzi. Wer möchte nicht gern mal nach Hawaii? Da wärst du sicher die Einzige.«

»Ach was.«

Nachdem uns Jasmin und Marie den Grund ihres plötzlichen Erscheinens sehr ausführlich erläutert hatten und Luzi mit Bill alles Weitere besprochen hatte, konnte ich endlich auch Lothar anrufen und ihm alles erzählen.

»Da fällt mir ein Stein vom Herzen«, sagte Lothar. »Das ist ja eine sehr freudige Nachricht, besonders für Luzi. Ich freue mich für sie.«

»Ja Lothar. Mein Bauchgefühl hat mich nicht enttäuscht. Als ob ich es geahnt hätte. Da geht es also in vier Tagen schon wieder nach Amerika.«

»Da wäre ich gern mitgekommen. Ich war noch nie in Amerika.«

Lothars Stimme klang etwas traurig. Sicher war er enttäuscht, dass er mich nun wieder ein paar Wochen nicht sehen würde. Aber es war nicht zu ändern. Schließlich gab es einen freudigen Anlass dafür.

»Ja, Lothar, das ist sehr schade. Ich hätte mich gefreut. Irgendwie mag ich dich. Wir hätten sicher gemeinsam viel Freude gehabt. Aber es ist nun mal nicht zu ändern. Ich werde dir jeden Tag berichten, was wir erlebt haben und wenn wir wieder in Deutschland sind, reden wir über unsere Zukunft. Jetzt bringen wir erst einmal Luzi unter die Haube.«

»Das hast du schön gesagt, Josie. Ich mag dich auch. Ich wünsche euch eine schöne

Hochzeit in Las Vegas und eine schöne Zeit im Anschluss während der Flitterwochen.«

»Danke Lothar, ich werde dich vermissen. Hoffentlich fühle ich mich bei den Beiden nicht, wie das fünfte Rad am Wagen. Bis bald, Lother.«

»Bis bald und guten Flug. Liebe Grüße an Luzi.«

»Werde ich ihr ausrichten.«

Besuch in der Alhambra

Am nächsten Morgen, am Dienstag, den 25. Juli, trafen wir uns mit Jasmin, Marie und Cem beim Frühstück. Nur noch sechs Tage waren es bis zu Luzis und Bills Hochzeit.

»Na, Oma, hast du mit Bill gesprochen?«, fragte Marie.

»Ja, habe ich.«

»Und, was sagt er?«

»Stellt euch vor«, freute sich Luzi. »Er hat gesagt, dass er nun doch nach Deutschland ziehen möchte, in die Heimat seiner Eltern. Er findet, dass das die richtige Entscheidung ist. Ich freue mich so und was sagt ihr dazu?«

»Das ist doch prima. Da steht eurer Hochzeit ja tatsächlich nichts mehr im Wege«, freute sich Jasmin. »Dann müssen wir nur noch sicherstellen, dass du und Josie am Freitag in Frankfurt pünktlich in den Flieger steigt. Alles andere wird Bill in Amerika regeln.«

»Bill hat mir sogar einen Heiratsantrag gemacht. Zwar nur am Telefon, aber immerhin.«

»Wie romantisch«, flüsterte Marie und verdreht ihre Augen.

»Heute gehen wir erst einmal in die Alhambra. Darauf habe ich ein Leben lang gewartet«, ergänzte Luzi. »Habt ihr eigentlich Eintrittskarten?«

»Ja, Mutti«, beruhigte Jasmin ihre Mutter, »die haben wir unterwegs online bestellt. Das geht heutzutage. Alles in Ordnung.«

Die paar Schritte vom Hotel bis zur Alhambra gingen wir zu Fuß. Wir hätten auch mit dem Auto fahren können. Vor dem Eingang zur Alhambra befindet sich ein riesiger Parkplatz mit 500 Plätzen. Die Parkgebühr beträgt 2,35 Euro pro Stunde.

Tagsüber gibt es zwei Arten von Tickets. Das »Morning Ticket« gilt von 8:30 bis 14 Uhr und das »Nachmittag-Ticket« ab 14 Uhr. Für diejenigen, die die Alhambra nachts besuchen möchten, gibt es sogar eine »Night Tour«.

Die Alhambra besteht aus vier Teilen, den Generalife, die Medina, die Nasridenpaläste und die Zitadelle (Alcazaba). Die Nasridenpaläste bilden natürlich das Herzstück der Alhambra. Für sie benötigt man ein separates Zeitfenster, damit sich der Andrang in Grenzen hält.

Ich kann gar nicht sagen, was mir in der Alhambra am besten gefallen hat. Alles war auf seine Art schön. Sei es der Löwenhof mit dem Löwenbrunnen, das Stalaktitengewölbe in der

Sala de los Abencerrajes, der Palast Karls V., der Generalife, das El Partal, die aufwändig angelegten Gärten oder die Acazaba. An den wunderschönen Bauwerken und Verzierungen kann man sich einfach nicht satt sehen. Für mich war es das Schönste, was ich bisher in meinem Leben gesehen habe. Gern würde ich mir die Alhambra noch einmal anschauen. Ich bin mir sicher, dass man bei jedem Besuch etwas entdecken wird, was man vorher noch nicht gesehen hat. Vielleicht klappt es ja noch einmal.

Cem war natürlich etwas stolz. Schließlich waren es seine muslimischen Vorfahren, die dieses prachtvolle Bauwerk errichtet hatten.

»Ich freue mich, dass hier viel getan wird, um diese Kulturschätze der Menschheit zu pflegen«, sagte Cem. »Wir haben bei dem furchtbaren Krieg in Syrien gesehen, was Bomben und Artilleriefeuer alles anrichten können.«

»Das stimmt, Cem«, stimmte ihm Jasmin zu, »Du denkst da sicher an Aleppo und Apameia.«

»Ja, genau.«

Wir waren über drei Stunden in der Alhambra. Es war genug Zeit, um sich alles anzusehen. Nach dieser anstrengenden Tour suchten wir ein kleines Café auf, das sich in unmittelbarer Nähe der Alhambra befand.

»Na, Oma, bist du schon aufgeregt?«, fragte Marie. »Morgen werden wir gemeinsam nach Deutschland fliegen.«

»Ich kann es immer noch nicht glauben, dass ich in sechs Tagen in Las Vegas heiraten werde. Schade, dass ihr nicht mitkommt.«

»Ihr schafft das schon alleine. Vielleicht wird eure Hochzeit ja auch gefilmt und ihr bekommt eine DVD als Erinnerung. Heutzutage ist das ja kein Problem. Die Eltern von einer meiner Freundinnen haben auch in Las Vegas geheiratet. Die haben auch so eine DVD bekommen. Das geht sicher. Dann können wir uns die Zeremonie in Ruhe zuhause bei einem Glas Wein anschauen.«

»So, wie ich Bill kenne, wird er das wohl alles bereits bis ins kleinste Detail organisiert haben«, ergänzte ich Luzi. »Ihr müsst euch dann nur noch einig werden, an welcher Hand ihr die Eheringe tragen wollt. Die Amis tragen die Eheringe nämlich an der linken Hand.«

»Das kommt für mich überhaupt nicht infrage«, wehrte Luzi gleich ab, »an der linken Hand.«

»Sehe ich da vielleicht bereits der ersten Ehe-
streit aufkommen?«, fragte ich.

»Ach was.«

Rückreise

Am Mittwoch, den 26. Juli war der Tag des Abschiedes. Jasmin, Marie und Cem brachten uns zum Flughafen.

»Schau mal, Luzi, da vorn ist Lothar«, stupste ich Luzi an, nachdem wir das Flughafengebäude betreten hatten.

»Geh' schon zu ihm, Josie! Ich warte hier«, forderte mich Luzi auf.

Ich eilte zu Lothar, denn das Boarding stand kurz bevor.

»Hallo Lothar, schön, dich noch einmal in Spanien zu sehen, bevor es wieder in unsere Heimat geht.«

»Hallo Josie«, begrüßte mich Lothar. »Das ist aber eine freudige Überraschung. Da sehen wir uns ja doch noch mal. Ich grüße dich.«

Aus der Entfernung winkte er Luzi zu.

»Tut mir leid, Lothar, dass wir uns gestern nicht noch einmal sehen konnten«, entschuldigte ich mich. »Aber ich freue mich natürlich riesig für Luzi. Die alte Frau hat es verdient. Sie ist ein lieber Mensch. Auch, wenn sie manchmal ein wenig sonderbar ist. Ich halte dich auf dem Laufenden, Lothar. Wenn wir wieder zurück in

Deutschland sind, reden wir über *unsere* Zu-kunft.«

»Natürlich, Josie. Ich habe mich sehr gefreut, dich hier in Spanien wiederzusehen. Ich bin ja mal gespannt, was euer Bill in Amerika noch so alles mit euch vorhat. Die Hochzeit in Las Vegas wird sicher nicht der einzige Höhepunkt sein.«

»Wir sind erst gespannt, kann ich dir sagen und können es kaum erwarten. Luzi spekuliert schon die ganze Zeit. Sogar von Hawaii hat sie schon einige Male geträumt. Aber das glaube ich nicht. Wir lassen uns überraschen. Egal, was Bill vorhat, wir machen alles mit. Schließlich sind wir noch rüstig.«

»Genau, Josie, das ist die richtige Einstellung. Ihr macht das schon. Ich wünsche euch erst einmal gute Flüge, sowohl nach Frankfurt, als auch nach San Francisco und wenig oder keine Turbulenzen.

Ich muss mit meiner Reisegruppe noch ein wenig warten. Unser Flug geht erst in einer Stunde nach Hamburg, also eine halbe Stunde nach euch.«

Dann begab ich mich zum Condor-Stand. Von dort aus winkte ich Lothar ein letztes Mal zu. Anschließend checkte ich mit Marie und Luzi ein.

Einerseits war ich etwas traurig, dass wir uns für die nächsten Wochen von Lothar verabschieden mussten, andererseits freute ich mich auf die kommenden Tage in Amerika.

Marie hatte einen der letzten Plätze ganz hinten im Flieger bekommen. Wir sahen uns immer nur dann, wenn wir auf die Toilette mussten.

»Josie, weißt du, was mir gerade einfällt?«, fragte mich Luzi, als wir endlich im Flieger saßen.

»Was ist denn jetzt schon wieder, meine Gute?«, verdrehte ich die Augen. »Na, sag schon!«

»Ich habe noch gar kein Hochzeitskleid. Was mache ich da? Hast du vielleicht noch deins im Kleiderschrank? Das müsste mir doch auch passen.«

»Wo denkst du hin? Das habe ich schon vor Jahren in den Altkleidercontainer entsorgt. Da müssen wir eben morgen eins kaufen.«

»Meinst du, wir kriegen das alles an einem Tag hin? Klamotten waschen, Koffer packen, Hochzeitskleid kaufen und in den Supermarkt müssen wir auch noch. Unsere Kühlschränke sind gähnend leer, genau wie unsere Mägen.«

»Wir haben schon ganz andere Dinge gemeistert, Luzi. Denke bitte dran, dass du in Las Vegas, der Stadt der Sünde, heiratest. Da ticken die Menschen etwas anders. Da kannst du zur Hochzeit alles anziehen. Manche heiraten sogar im Dirndl.«

»Ach was. Im Dirndl? Aber so abwegig ist das gar nicht. Ein Dirndl habe ich. Ich frage mal Bill, was er anzieht. Danach entscheide ich, was ich anziehe.«

»Ein Dirndl wird der sicher nicht anziehen. Aber man weiß ja nie. Für Überraschungen ist der immer gut. Aber wenn Bill in Cowboyklamotten kommt, kannst du ja auch das anziehen, was du in Amerika immer anhattest.«

»Das ist ein genialer Gedanke, Josie.«

»Ich weiß, ich weiß.«

»Und als Krönung setze ich meinen Cowboyhut auf. Das wird lustig«, freute sich Luzi.

»Dann braucht ihr euch nur noch ein Pferd ausleihen, mit dem ihr durch ganz Las Vegas in die Kirche reitet.«

»Ach was. Ein Pferd«, schloss Luzi ihre Augen und fing bald an zu schnarchen.

Plötzlich nahm jemand meine Hand. Es war ein Mann auf der anderen Seite des Ganges. Ich erschrak, denn es war unser Schutzengel.

»Was machen *Sie* denn hier?«, fragte ich ihn.

»Du weißt doch Josie, ich muss auf euch aufpassen. Wir werden uns schon bald wiedersehen.«

»Wann denn?«, fragte ich neugierig.

»Na, ihr fliegt doch in ein paar Tagen nach Las Vegas. Da werde ich mich wohl etwas öfter um euch kümmern müssen.«

»Sagen Sie bloß, dass Sie auch dort sind?«

»Natürlich werde ich dort sein. Ich lass mir doch Luzis Hochzeit nicht entgehen und muss aufpassen, dass sie pünktlich in der Kirche erscheint.«

»Wie meinen Sie das?«, fragte ich erstaunt.

»Lasst euch überraschen. Alles wird gut. Und du, Josie, du solltest dir auch ein schönes Kleid mitnehmen. Du wirst es brauchen, ganz bestimmt.«

»Wozu?«

»Das wirst du noch rechtzeitig erfahren.«

»Sie sprechen in Rätseln. Das klingt ja spannend. Können Sie sich nicht etwas deutlicher ausdrücken?«

»Nein, ich bin doch kein Wahrsager. Seid immer vorsichtig und denkt an mich. Dann wird euch nichts passieren. So und nun muss ich etwas schlafen. Ich habe morgen noch viel vor. Wir sehen uns ja bald wieder.«

Luzi hatte von unserem Gespräch nichts mitbekommen. Sie schlief immer noch.

Jasmin musste ihr Auto alleine von Granada nach Deutschland zurückfahren. So ganz allein war sie ja nicht. Cem begleitete sie mit unserem Mietwagen. Am Ende unserer Rundreise wurden Jasmin und Cem ein Herz und eine Seele. Alle Vorurteile waren ausgeräumt. Genau, wie Cem es vorausgesagt hatte.

Nach einem dreistündigen Flug landeten wir in Frankfurt. Von dort fuhren wir mit dem ICE weiter und waren am späten Nachmittag zuhause. Nachdem wir unsere Koffer ausgepackt hatten, begannen wir gleich diejenigen Sachen zu waschen, die wir mit nach Amerika nehmen wollten. Jeder in seiner Wohnung. Wir hingen alles auf unsere Balkone, in der Hoffnung, dass es bei der sommerlichen Hitze über Nacht trocknen würde.

Wie es mit uns weiterging, erfahren Sie in meinem dritten Band. Bleiben Sie neugierig.

»Am Ende ist alles ein Witz« (Charly Chaplin)

***

Nun bin ich am Ende meines Buches, dem zweiten Teil einer »Oma Josie«-Trilogie, angekommen. Vielen Dank, dass Sie solange durchgehalten haben. Ich hoffe es hat Ihnen ein wenig gefallen. Es ist ja immer schwer, den Geschmack des Lesers zu treffen. Ich habe mir jedoch Mühe gegeben.

Liebe Leser, falls Sie Fragen haben, können Sie mir gern eine Email schreiben:

oma-josie@web.de

Auf dem elektronischen Postweg nehme ich auch Anfragen von Regisseuren entgegen, die mein Buch gern verfilmen möchten.

Besuchen Sie mich auf meinem YouTube-Channel: Oma Josie.

Quelle der Fußnoten

100% Jugendsprache 2021
2020 PONS GmbH, Stuttgart